戴晨志 博士

看好自己

成就一生的激勵故事精選

目錄

Part.1 用心經營今天，開心迎接明天！

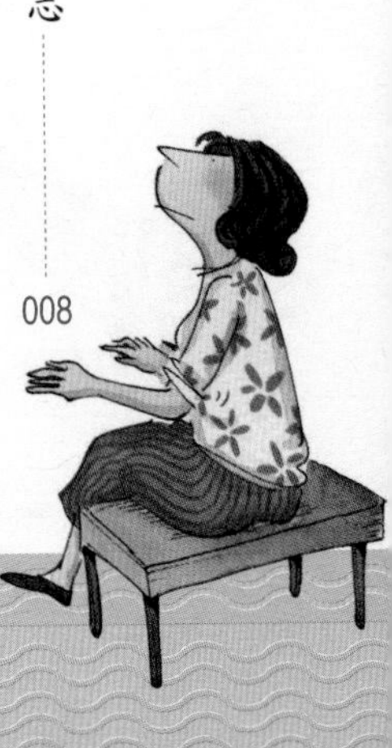

目錄 Contents

Part.2 擺脫自卑生命，開創美麗人生！

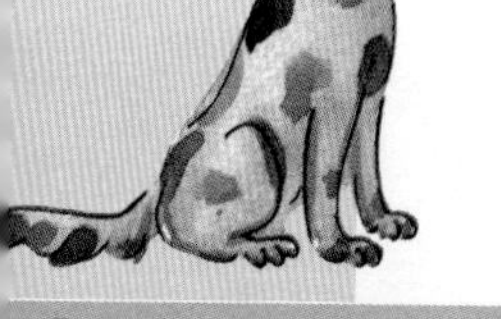

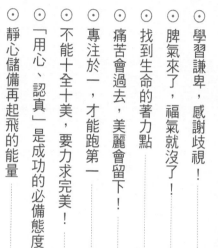

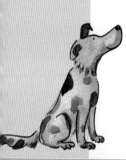

Part.3

積極造就自己，別平庸一輩子！

Part.4 不怕別人歧視，只怕自己喪志！

Part.6

人生充滿希望，勇敢做就對了！

Part.6

若要人前顯貴，就要人後受罪！

〔自序〕

渾身是勁，使命必達！

──自我增值、提升夢想的高度

戴晨志

到高雄社教館演講，是一次獨特的經驗。該館位於小港機場郊區，並非市區內，所以平常所辦的演講活動，聽眾都是稀稀落落、寥寥可數。

承辦人鄭小姐來電告訴我，社教館來了新館長，希望邀請我去演講，但館長說，目標要設定「聽眾一千人」。天哪，這怎麼可能？到哪裡去找一千人來聽演講？可是，這是館長的命令，要盡力去達成！於是，鄭小姐開始傷腦筋，也與館內秘書多次和我商談「達成目標」的可能性和方法。

其實，人不能小看自己，只要下定目標、堅持到底，都有無限的可能。也因此，館內工作人員做了許多文宣，也印製了上萬份的演講邀請卡，送給附近的中小學生們，讓他們回家時，邀請爸媽一起來聽演講。

而我呢，我喜歡電視廣告詞中的一句話：「使命必達！」為了達成使命與任務，送快遞的人必須準時送達，而我，也要盡全力去配合。另外一句賣電池的電視廣告詞，是充飽電力的小電池人在競跑時「渾身是勁」！所以，這兩句話加起來就是——「渾身是勁，使命必達！」

為了讓這場演講能達成「一千人」的目標，我自掏腰包，搭飛機到高雄，勘查可容納一千一百人的演講場地，也到電台接受主持人訪問。承辦人對我說：「戴老師，我太感動了！從來沒有一個講師願意自己花機票、住宿錢，事前跑一趟高雄來做宣傳！」然而，這就是我——要「渾身是勁，使命必達！」只要能同心合一、共同達成既定目標，我自己花點錢又有什麼關係呢？

在電台接受訪問時，主持人在我們談話中，突然冒出了一句話說：「戴老師，聽了你的故事，我覺得你這個人，很看好自己……」主持人的話還沒說完，我的耳朵神經已經把這四個字傳輸到我的大腦——「看好自己！」哇，太棒了，這四個字真是太好了，太令我印象深刻了！

我們每個人的一生，豈能「看壞自己」或「看衰自己」？我們都要盡一切的可能「看好自己」啊！雖然，每個人都有挫折，但是，看好自己、有企圖心、全力以赴，才能讓自己不斷地「自我增值」，來達成「自我品牌」的形象！所以，「你，就是品牌！」每個人，都是自我的品牌；只要有實力、肯努力，就不怕被埋沒啊！

高雄社教館的演講日子終於到來，我開車南下，也約了一些朋友見面小敘。後來，為了提前佈置會場用的電腦、投影機，我先行離開，前往社教館；朋友說七點的演講，他們會提前在六點半到會場找位子，來聽演講。

然而，六點開始，聽眾魚貫地入場，六點半不到，竟已把所有樓上樓下的座位幾乎全坐滿；我的朋友們「提前」六點半到達，居然找不到座位，這……太誇張了吧，只好坐在階梯上。七點正，館長笑容滿面地上台致詞，他很高興地宣布，今天聽眾超過一千兩百人，創下社教館辦演講活動以來，聽眾最多人、最熱絡的紀錄……

有個小張，參加潛水訓練班；結訓時，教練要求他們進行潛水訓練。小張問教練：「怎麼樣才能通過考試？」

教練說：「只要活著回來，就可以了！」

人，就是要「看好自己」，在人生的道路上，勇敢地自我訓練、突圍前進，直到有一天光榮地載譽歸來！

許多人曾問我：「戴老師，你為什麼有毅力考八次托福才出國念書？」我想，大概就是「看好自己」吧！我不願自己只有三專的學歷，我還要更努力，來創造自我命運。

也有人問：「戴老師，你為什麼要放棄華視記者的高薪工作，去念博士？」「戴老師，你為什麼要放棄大學系主任，而成為自由作家……」我相信，答案也只有一個，就是——「看好自己！」

我深信，命運不是天生的，也是不會遺傳的，我要不斷地精進、往前，我不能原地踏步，更不能讓「信心下市」！

想想看，若股票慘跌，公司股票下市，那是多麼悲慘的景況？一個人的信心若慘跌下市，也真是十分可悲呀！

一個人在一生中，「實力」和「能力」當然是成功的重要因素，但，有一顆「看好自己的信心」，更是成功的關鍵！

有時，為了「大理想」，我們必須放棄眼前的小利，而沉潛地為自己札根、為自己厚植實力，也為自己「提升夢想的高度」！這，就是「看好自己、邁向高峰」，直到勝利成功的掌聲響起，也讓萬人為你喝采、叫好！

〈後記〉

許多讀者告訴我：「戴老師，你的書中有許多激勵人心的小故事，都很棒，可是都散見在不同的書中，您可不可以把那麼多的勵志小故事集成一本書，讓我們好攜帶？」

為了回應讀者善意的建議，我把散見於多本書中的激勵小故事，集結成這本《看好自己——成就一生的激勵故事精選》，希望讀者們會喜歡！

Part.1

用心經營今天，開心迎接明天！

「卓越」等於昨夜！

卓越，固然可喜，但它畢竟是昨夜的事；
每天，都是一個嶄新的開始，都要創新！

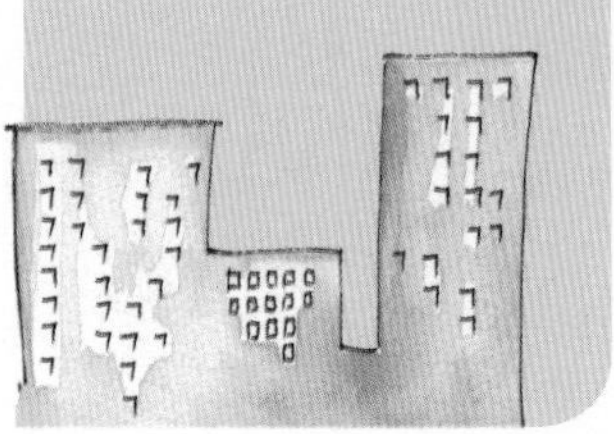

在一九八四年洛杉磯奧運會中，美國賽跑好手路易士贏得了一百公尺、兩百公尺賽跑、跳遠、四百公尺接力等「四面金牌」，而技驚全場。

三年後，他的父親因癌症病逝；在喪禮中，路易士從口袋裡拿出了奧運會百米賽跑金牌，放在父親手中，說道：「爸，這個金牌陪你到天國，因為這金牌是你最喜歡的項目！」

當時，他的母親很訝異，問他為何要這麼做？路易士說：「媽，沒關係，妳相信我，我還會再贏得另一面金牌！」

為了悼念亡父，路易士將金牌與父親的遺體一起埋入土裡；但是，帶著這份堅定的信心與勇氣，路易士後來在漢城奧運會中，又贏得一面「百米賽跑金牌」。而他這一生，總共在奧運會中奪下九面金牌，也留下無人可及的空前紀錄！

不過，話說回來，有時我們在各種比賽中得了第一名、冠軍，或金牌，都只是一時的榮耀，它並不是永遠幸福的保證啊！

您知道嗎？**「卓越等於昨夜，每天都要歸零重來！」**

卓越，固然可喜，但它畢竟是昨夜的事；每天，都是一個嶄新的開始，我們不能將思緒一直停留在記憶中，而志得意滿呀！

我有一些朋友，很高興地考上了「高考」或「特考」，因為那的確是很不容易考上的。可是，在公家單位裡工作了十年、十五年，日復一日，天天朝九晚五當個公務員，等上班、等吃飯、等下班……搞到最後，做事沒衝勁、心情很鬱卒，真的有「懷才不遇、有志未伸」的感覺。

古人說：「**苟日新、日日新、又日新**」；如果，我們一直待在一個沒有動力和衝勁的環境裡，缺少推動力，那，真是會讓鬥志消失、意志消沉啊！所以，「**卓越等於昨夜；今天，一定要創新！**」

激勵佳言

- 人飢餓，並非無餅；人乾渴，並非無水——乃是沒有了目標、理想和努力！
- 有決心，就有力量；有毅力，就會成功！
- 每個人都要「在困境中找出口、在挫敗中找出路！」

不許回頭，咬緊牙關撐過去！

沒有不可能的事，只有不可能的想法！

有一次，我應邀到一所高爾夫球俱樂部，為一家傳銷公司的業務同仁上課。會中，我勉勵大家，一定要有勇氣，讓自己的年薪突破兩百萬、三百萬元……當我的話還沒有說完，台下就有業務員大聲對我說：「老師，我們今天來上課的人，年薪都超過三百萬，也有的超過五、六百萬！」

我一聽，當場傻了眼，原來那天來上課的學員，都是頂尖的業務員，才能有機會到高爾夫球俱樂部度假兼上課；而這些頂尖的業務員，學歷都不高，甚至只有初中、高中、高職，但他們都擁有一顆「一定要成功的信心」，才能拚出亮麗的成績！

馬克吐溫曾說：「擁有新構想的人，經常被視為瘋子，直到他的新構想成功為止。」 有些人想從事傳銷、有些人想做保險或仲介，但常被人視為「不可能成功」的事。然而，事實上，只要憑著「信心、鬥志和幹勁」，就有許多人硬是讓別人跌破眼鏡；因為他們成功了，他們的年薪六、七百萬，甚至上千萬元！

所以，我很喜歡一句話——**「唯偏執狂得以生存。」**

偏執狂，就是別人說你不行時，你卻以堅定的毅力，告訴自己——「我絕不許回頭，我遇到困難，一定要咬緊牙關撐過去！」最後，令那些說你不行的人，傻了眼，反而豎起大拇指，直說「你真棒」！

真的，我們在一個行業裡「越傑出，空間越大，也越受人敬重」。我們絕不能太過平凡，更不能平庸；我們一定要目標放大、眼光放遠，氣度更要宏大，讓那些不看好我們、甚至瞧不起我們的人「大大跌破眼鏡」！

所以，**「沒有什麼不可能的事，只有不可能的想法！」**

歷經跌倒再爬起，才能成功！

人的信心，要裝上一對翅膀，
才能起飛，才能展翅上騰！

有一對男女，感情不錯，已論及婚嫁，所以男方父母就正式前往女方鄉下家中拜訪、互相認識。隨後，在餐廳用餐時，女方的爸媽都很熱情，尤其是媽媽，看到未來的女婿，更是愈看愈喜歡。

席間，女方媽媽不斷地勸菜，要準親家多用點菜。可是，這媽媽的國語不太靈光，吃飯時，只聽見這媽媽不停地說：「來來來，大家一起用，不要客氣……張先生，你最沒有用，還有張太太，你更沒有用，來來來，趕快用，趕快用……」

也有一位國中男老師，長得人高馬大，很有威嚴，人又黑黑的，很像是「包青天」的模樣。可是，這位老師有個小毛病，就是人一緊張，講話就會結巴。

一天，這男老師在監考英文時，發現有一個學生在看小抄，也偷看別人的答案；他氣急敗壞地指著這學生說道：「你……你……你……你……你……你竟然敢作弊……帶……帶小抄……還偷看別人……給我站起來！」

這男老師眼神凶惡、怒氣逼人，只見有「六個學生」，低著頭，陸續地站了起來，自動俯首認罪……

生命過程中，都有許多挫折、跌倒或做錯事的時候，但是，跌倒了，再站起來；做錯事了，勇敢改過！人生路，可以創造、可以突破的地方很多。我們每個人都「很有用」，絕對不會是「你最沒有用」、「你更沒有用」！

所以，**「The game is not over until it is over.」（在比賽結束之前，勝**

「我有一雙信心的翅膀，我要展翅上騰往上飛囉！」

負都還未定。）您看，許多棒球比賽在結束之前，都還會出現「再見全壘打」，硬是把比數來個「大逆轉」，氣走了原本領先的球隊！

也因此，我們都不能夠懷憂喪志、自暴自棄，輕言放棄。

「不看破，要突破！」我們都要奮發向上、樂觀、積極地來看待自己的人生。前些天，我看到報載一名五專生，苦讀插班考上台灣大學，還念到「外文博士」；也有放牛班的學生，大學重考三年，但也憑著毅力「扭轉人生」，而當上大企業的董事長。

其實，「沒有歷經跌倒再爬起，人生不可能成功！」

人的信心，要裝上「一對翅膀」，才能起飛，才能展翅上騰。我們心中「信心的翅膀」，就是帶我們勇敢高飛的力氣與憑證呀！

所以，人生的命運，是可以「被扭轉」的，也是可以「大逆轉」的，只要我們有心、有願、有力地去突破，勇敢地去「扭轉自己的命運」！

工作像螞蟻，心情像蝴蝶！

好心情，是一帖最好的心藥；
笑臉常開，好運自然會來啊！

有個太太，上了年紀突然想學鋼琴，因為，那是她年輕時的夢想。可是，人年紀大了，手指頭反應慢，彈起鋼琴，真是只有幼稚園的程度，怎麼聽都像是噪音，令人難受。

一天，這太太向老公說：「我想買一座石膏像放在鋼琴上，你認為擺哪一個音樂家比較好？」

此時，先生毫不猶豫地回答說：「買貝多芬吧！」「為什麼？」「因為貝多芬耳聾，他聽不見！」哈！

貝多芬在二十六歲時，因感冒後遺症，耳朵患了聽覺障礙，聽力逐漸衰退。然而，也因他聽不見，所以就減少參加社交活動，甚至「與世隔絕」地孤獨創作。後來，他雙耳全聾，只能和人用筆交談。不過，正因為他聽不見外在的稱讚或批評，所以能全心專注於音樂創作，以致成就非凡，成為舉世聞名的大音樂家。

貝多芬五十七歲辭世，他在臨終前寫道：「到了天堂，我就能聽見了！」

大部分人活著，能聽、能說、能唱，是多麼幸福啊！可是，我們的嘴，有時拿來批評別人，或說別人的是非；也有時候，我們聽到別人說我們的閒言閒語，或是八卦的不實謠言，都會令我們的心情挫折、沮喪到極點。

不過，「好心情，是一帖最好的心藥！」我們在生活中，必須維持著一份好心情——「隨時幽默、開懷、樂觀的好心情」，才不會被惡意的批評和詆毀所影響。

「貝多芬有耳聾，聽不見，但我受不了啊！」

所以，「再大的風浪也會平。」人常會遇到工作不順、或婚姻不和；人生的路似乎常在海浪裡不停地上下浮沉。但是，**「心寬，路更廣！」再大的風雨和波浪，總有平息的時候，只要「放開心」，開懷地大笑幾聲、臉上充滿笑容，則好運自然會來呀！**

也因此，我學習到——**「工作像螞蟻，心情像蝴蝶！」**

人在工作時，要像螞蟻一樣勤奮，而心情，要像蝴蝶一樣快樂飛舞，人生才會幸福啊！

激勵佳言

- 大聲怒罵、吵架，使人「想贏都贏不了」；謙卑禮讓、自嘲，使人「想輸都輸不掉」。
- 工作上，頂住壓力，你我都要更爭氣！

改變自己，就能改變命運！

練習口才，成就自己，是一輩子的事；只要付出，就會有掌聲！

有一位風度翩翩的哲學家，才貌出眾。一天，交往一陣子的女友對他說：「讓我做你的妻子吧。錯過了我，你再也找不到像我這麼愛你的人。」

這哲學家雖然喜歡她，可是他緩緩地說：「讓我再考慮考慮吧！」

的確，婚姻常讓人陷入渾沌的長考。娶她，是好、是壞？是福、是禍？很難抉擇。就這樣，好幾年過去了。後來，這哲學家想通了，該結婚了！於是他勇敢地到女方家，告訴她父親：「我已經決定了，我很誠心誠意地想娶您的女兒！」

「唉，太晚了！」女孩的父親嘆息說：「你晚了十年了，我女兒現在已經是三個孩子的媽了。」

人生有很多事會讓我們猶豫不決，但也有些事情，機會一錯過，就不再回來。當然，「練習口才，成就自己」是一輩子的事，它不會「今天不做，明天就會後悔」！不過，我也知道，我一路走來，勤練寫作能力與自我表達能力，讓我成為「既能寫、又能講」的人，的確帶給我許多好處。

在全省各地、甚至在海內外，我從原本默默無名的小子，變成一個經常受邀上台演講的人。看著台下，許多人讀我的書；站在台上，許多人為我喝采！我感受到「from zero to hero」（從零到英雄）的滋味！

真的，只要肯付出、肯學習、肯勇敢向前，就會有改變、有收穫、有掌聲。我們不能猶豫不決，不積極去造就自己啊！

當然，下了舞台、演講台，我是孤寂的；我知道，我必須歸零再充實、再學習！所以，我又「from hero to zero」，自己靜靜地多方閱讀、旅行，以增廣見聞。

西洋諺語說：「Nothing is free, everything comes with a string attached.」（沒有東西是免費的，任何東西都是有附帶條件的。）的確，口才好、有魅力，可以讓一個人在事業上如虎添翼。但是，想要有口才魅力，首要條件就是要不猶豫、隨時隨地找機會勤練，來改變自己。

所以，我相信——「不斷改變自己，就可以改變命運！」

激勵佳言

- 勤練口才，就可以讓您「辛苦三五年，風光五十年」！
- 心念變、態度變，習慣跟著改變，人生就會大大地改變。
- 要把「感動」化為「行動」！

要找活路，別死守退路！

世界必須陣痛，花兒才能綻放！
只要用心，就能成就每件事！

三專畢業、剛退役時，念廣播電視的我沒有工作，無所事事；後來透過一位朋友介紹，到一家錄音工作室，參加廣播劇的配音工作。

錄音前，一知名黃姓播音員要我準備擔任其中一個最小的角色，所以，我認真地揣摩這小角色，也再三地練習台詞。說實在，我的角色台詞不多，我知道我應該可以勝任。錄完音後，黃姓播音員給我一些車馬費，不過，他也說了一句話：「謝謝你哦，你……你明天可以不用再來了！」

我愣了一下，只回說：「噢，好，謝謝！」

不久後，我看到音樂大師李泰祥先生登報，為灌錄唱片，招考會音樂、喜歡音樂的年輕人，來擔任合唱團團員。我去了，李泰祥親自甄選。我還記得，在李大師的家裡，他彈著鋼琴，要我唱歌，聽我的音色、音質、音域，我就「啊～啊～……」「Do Re Mi Fa So……」大聲地唱了起來。

我知道，我的聲音不是頂好的，但因「缺男聲」，所以我就勉強被錄取了，成為合唱團的一員。當時，李泰祥創作許多很好聽、類似「西域、大漠、絲路……」聽起來十分壯闊、浩瀚的交響合唱曲；而李大師親自挑選的主唱是名歌手「李建復、唐曉詩」，我呢，只能算是類似「合音天使」的合唱團員小角色。在一個多月期間，我們不斷地練唱，也在一間音效不錯的小教堂裡，正式灌錄唱片。可是，不知怎麼搞的，那張唱片，後來聽說沒有出版，不曉得是不是因為有我的緣故？

我有點難過和遺憾。我了解，我不太適合「專業配音」工作，也不是「唱歌的料子」，所以，只好專心準備托福考試，計畫好好出國念書。我想，我一定要找出適合我的工作！

成長是一種痛苦、爬摩天大樓是一種痛苦、求職被拒是一種痛苦、失戀也是一種痛苦、中年失業更是一種痛苦……。的確，人生的痛苦無所不在，但就像詩人所說：「世界必須陣痛，卑微的花兒才能綻放！」人也是如此，只有耐心地忍受挫折的痛苦，不停地學習，造就自我，才能突破自己，而讓自己時時成長，步步高升啊！

所以，**「人，要為自己找活路，而不是死守退路！」「只要喜歡、用心，就能成就每件事！」**

激勵佳言

- 記得，你從頭到腳都是寶，你是餓不死的，你有無窮潛力！
- 只要積極去做，好運就會跟著降臨！

只有耐心地忍受爬樓梯的痛苦，才能望見千里之外的風景啊！

優勢若不保持，就會變憂事

天災，需要救，
但，人心，更需要自己救！

在上海，電視台曾製播「求職者甄試」的節目；許多應徵者，戰戰兢兢地坐在公司主管面前，都想脫穎而出，謀取一份工作。經過重重的考驗之後，時間也差不多了，此時，高階主管決定給應徵者最後一道問題──「現在，請你問你的競爭者一個問題，什麼問題都可以，時間十秒鐘！」

天啊，突然要問競爭者一個問題，要問什麼呢？一般人面對這個場景，恐怕會當場傻眼！可是，一位來自長沙的女碩士，從容不迫地說道：「我想請問我的競爭者──如果在場的上司和觀眾都認同我，而我也成為Promise的業務經理，你認為，我擁有哪些你沒有的優勢呢？」

此話一出，幾乎看電視的人都驚訝不已！天哪，這是多麼厲害的問題啊！這問題，表面上沒有攻擊性，卻讓對手難以招架，很難回答；因為，只要一回答，就是「抬對手身價」而且「貶抑自己」啊！

在台灣，電視節目充斥政治鬥爭、色情腥羶的內容，或冗長連續劇……但，中國大陸卻如同「甦醒的獅子」、「上升的巨人」，積極在電視上教導年輕人，如何在商場上運用智慧！

真的，台灣的大學生素質愈來愈參差不齊，甚至低落；打工、談戀愛、蹺課，不及格、被退學的人也愈來愈多！

當競爭對手都不停地在進步時，我們若還陶醉在「我是大學生」的虛假表相，而不思積極努力追趕，那麼，不久後，我們就會遠遠落後別人了！

所以，「優勢，不是長久不變的；

優勢若不繼續保持，就會變成『憂事』！」

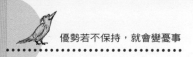

咱們台灣，有大地震、大淹水、土石流；是的，「天災，需要救」，但，「人心，更需要自己救！」

有時我們「沒有目標、不知上進，吃喝玩樂、頹廢度日」，到頭來，我們會發現，殘缺的不是咱們的「身體」，而是「人心」啊！

激勵佳言

- 曾國藩說：「凡事皆有極苦極難之時，打得通的，便是好漢！」
- 人的成功信念：「收發由心、操之在我。」
- 人若不控制困難，就會被困難控制！

不要甘於平凡，要表現不凡！

人生路，再困難，都會有出路！
我們都要「用心經營今天，開心迎接明天！」

有一位大學教授，在一個即將畢業的大四課堂上，用粉筆於黑板上寫了幾個大字——「garbage in, garbage out!」（垃圾進、垃圾出）。看到這些字，同學們一片嘩然，低頭私語；而教授則像沒發生什麼事一樣，在下課鈴聲中，默默地離開教室。

為什麼教授會寫「garbage in, garbage out!」呢？想必是同學們的表現不好，學習態度極差，讓教授徹底失望、心感悲痛。假如，在畢業前夕，教授在黑板上寫的是「garbage in, diamond out!」（垃圾進，鑽石出），那是多麼令人興奮啊！

也因此，一個人即使大學或研究所畢業，卻沒任何特殊表現，那他可能只是「so so」或「OK」而已，他並未盡全力，也還沒達到「excellent」極佳的評價！

其實，人生就如同拉小提琴，有時候會突然斷一根弦；此時，有人「放棄、不拉了」，但也有人依然神情自若地用剩下的三根弦「繼續演奏」，並獲得熱烈掌聲。

所以，人生最怕失去「信心與勇氣」，也最怕「放棄自己」。

我們每個人的生命，都有可能會「斷弦」，也都會遇上「挫折」，但我們都必須學習「struggle & survive」（掙扎、奮鬥，才得以存活），也才能得到「excellent」的極高評價和喝采。

所以，我們絕不能「甘於平凡」，我們要「表現不凡」！

因為，我們從頭到腳都是寶，我們都具有無窮的潛力和才華；我們絕不能小看自己，我們都可以「gfarbage in, diamond out!」，把自己的生命經營得像鑽石一樣閃亮無比啊！

其實，「人生路，再困難，都會有出路！」

我們都必須學會——「用心經營今天，開心迎接明天！」不是嗎？

激勵佳言

- 不平凡的事，常常成就於平凡人的手！
- 請您記得——「人是為勝利而生的！」
- 勝利者永不放棄，放棄者永不勝利！
- 人生沒有永遠的勝利，只有不斷的努力！

別小看自己，你有無限可能！

不辛苦地走上坡路、爬陡山，
如何能欣賞從高峰眺望群山的美景？

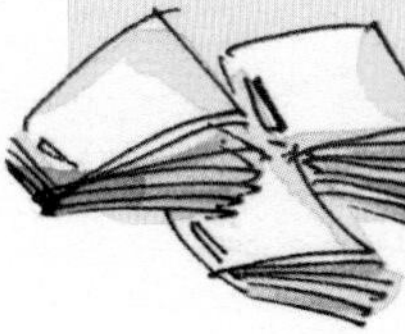

有個公司副理，打了一份公文報告，說下個星期要到美國與重要客戶開會；老闆在批閱公文後，寫上：「Go a head!」副理收到公文後，就叫屬下趕快買機票、排行程，自己則開始打包、整理行李。

出發前，老闆的祕書問他：「你要幹嘛？」

副理說：「去美國開會啊？」

祕書問：「老闆有同意嗎？」

「有啊，他叫我 Go ahead 啊！」副理說道。

此時，祕書說：「你是豬頭啊，英文這麼爛！老闆公文上是寫 Go a

人生最容易走的路，就是下坡路！

head，意思是『去個頭』啦！」

哈，是「去個頭」，不是「請便」啦！當然，這是個笑話。不過，我們凡事都得看清楚，也必須把英文學好；畢竟，我們都必須多學習一些語言和專長，才能使自己有更多的競爭力！

我認識一個男生，五專畢業，家境不錯，父母親送他到美國學習英語，並繼續念大學。可是，他念了半年，不念了，放棄了！為什麼？他說：「太辛苦了，我回台灣隨便找個工作就好了！」

唉，當機會來臨時，怎能輕言放棄？家境好、有機會，就更應該好好把握啊！如今，放棄學業了，過了五、六年，他依然只有五專的學歷，天天都害怕被裁員、丟飯碗。

真的，人生最容易走的路，就是下坡路！

因為，走「下坡路」，很容易，不用費力氣，走起來輕輕鬆鬆。可是，我們每一天都要逼自己走一段「上坡路」啊！不走上坡路，如何使自己爬上最頂峰、如何欣賞從高峰眺望群山的美景？

我們都曾讀過一段話：「欲窮千里目，更上一層樓。」可是，這句話並不太正確，因為，要看到千里之外的美景，只爬上一層樓是不夠的！我們要努力地爬上「九層樓、十層樓」，甚至是「二十層、三十層樓」，才能看到千里之外的美麗景致啊！

當然，爬高樓是痛苦的，可是，每個人都必須忍受爬高階樓梯的痛苦、忍受加倍努力學習的痛苦，才能使自己更有才華和實力，才能享受事業成功的甜美果實！所以——

「不要小看自己，每個人都有無限的可能！」

「扭轉命運靠自己，我們不能原地踏步，而是要昂首闊步！」

讓自己天天成長、創造輝煌！

千萬不能讓自己的才華和能力，跟自己一起出生、一起死掉啊！

有一次，我應邀到永和一家高職演講；演講完畢後，該校校長對學生說：「你們畢業後，不一定每個人都能開公司、當老闆，但是，你們必須有『志氣』、有『骨氣』，要告訴自己——即使以後開小吃店，也要開一家全永和最有名的小吃店，就像『永和豆漿』一樣，海內外聞名！」

後來，一位男同學上台，他手握著麥克風，緊張、顫抖地面對全校師生說：「今天聽到戴老師的演講和校長的勉勵之後，我很想跟各位同學分享：我以後一定要做一隻『燕子』，而不要做一隻『鴿子』！為什麼呢？因為，燕子雖小，但牠還是『很努力地為自己築一個巢』，不像鴿子，鴿子不會築巢，每天『只等著別人餵食』……所以，我或許以後只有高職的學歷，但是我一定要和燕子一樣，要努力工作，要為自己買一棟房子！」

這男同學話一說完，全場師生都為他熱烈鼓掌。

事實上，我們每個人都應該是一隻「不停地為自己築巢的燕子」，也要像一隻「天天辛勤採蜜的蜜蜂」；蜜蜂不懈怠、偷懶、埋怨，每天都嚶嚶嗡嗡地辛勞採蜜，牠「每秒鐘都在成長、每分鐘都在創造輝煌」！

我有個朋友，工作不順利，職位老是原地踏步，所以常鬱鬱寡歡。一天，他對我埋怨說：「老天真是不公平啊！我是『一流人才』，怎麼搞來搞去還是『三流的任用』，我們公司真爛啊……」

的確，人常「做一行、怨一行」，怨主管、怨老闆、怨同仁……可是──我們常依「自己的才能」來判斷自己，但，別人卻是依「我們的表現」來判斷我們呀！

其實，大部分的人都慣於安逸，或只知埋怨，卻一直沒有發揮自己的才華，以致使自我能力和才華，「跟自己一起出生、一起死掉」！

真的，如果我們不努力、不改變心態、不積極調整步伐，我們的才華就會「跟我們一起出生，一起死掉」啊！

以前，我只有三專學歷時，我哪知道，我可以成為電視記者？我哪知道我可以拿博士學位？我哪知道自己會應邀在海內外演講？真的，我們完全都不知道自己的未來命運！但，只要用心、積極、努力，我們就可以「逆轉命運」，也為自己的生命，創造輝煌的紀錄啊！

激勵佳言

- 成大事的原因不在「力量有多大」，而在「堅持有多久」？
- 挫折與不幸，都是邁向成功未來的踏腳石。

Part.2

擺脫自卑生命，開創美麗人生！

學習謙卑，感謝歧視！

痛苦，是最好的成長；挫敗，是上天的鍛鍊。
每個人的潛力，都必須靠逆境來激發！

在電影《怒海潛將》中，描述一名黑人從小生長在極為貧困的家庭，父親窮苦一生、抑鬱不得志。這兒子決定去從軍、念海軍士官學校；在與父親道別時，兒子對父親說：「爸，過一陣子，我就會回來看你！」

此時，父親強忍住淚水對兒子說：**「孩子，你千萬不要像我這樣過一輩子……你不要回來，永遠都不要回來……你誰也不要相信，只要相信你自己，必要時，連老祖宗的話也不要相信；在受訓時，一定很苦、很難熬，但你一定要咬牙堅持下去，一定要出人頭地……」**

這父親的話，是何等無情、何等悲苦！哪有父親叫兒子「永遠都不要回來」的？可是，這父親的心，是充滿悲痛與期待的，他希望兒子要努力打拚、要自己去開創一片天，不要回來這貧窮土地，也不要像父親一樣窮苦務農一輩子！

而這個兒子到了海軍軍艦上，受到百般歧視，只因為他是個「黑人」。軍艦上有個規定，軍艦出海，天氣太熱，白人可以跳下海游泳，一週六天；但黑人只限於週二這一天，才能下海游泳。

有一個星期五，這黑人男主角覺得天氣太酷熱了，決定要跳下海去游泳；他的黑人同伴極力勸阻他，不要觸犯禁令、自找麻煩！可是，這男主角認為這禁令不合理、充滿歧視，即不顧一切，跳下海去游泳。

後來軍艦白人長官見狀，十分憤怒，立即下令白人屬下去捉拿他；然而，這黑人主角泳技一流，任憑白人泳將飛快地要來追拿他，但他游得更快，讓別人根本追不上他。最後，連長官都不得不折服，因為，這黑人主角是全軍艦上「游得最快的人！」後來，這黑人主角成為海軍中最頂尖、最傑出的「首席士官長」。

有時我們會遭到別人歧視、看不起；有時，也有人嘲笑我們、鄙視我們。可是，一個人「有實力」，才是「最神氣」啊！如果我們不能做出頂尖的成績，我們只能繼續被嘲笑、被歧視、被看不起！

所以，什麼叫「快樂」？快樂就是——「當你瞧不起我時，我已經超越你了！當你在嘲笑我、歧視我時，我已經領先跑在你前面了！」

也因此，要「學習謙卑、感謝歧視」，因為那些歧視我們、看不起我們的人，常是惕勵我們、激發我們努力向上的貴人啊！

「痛苦，是最好的成長；挫敗，是上天的鍛鍊！」我們每個人的潛力，都必須靠逆境來激發。當我們被歧視、被瞧不起時，我們更要有志氣，鼓起勇氣，做出漂亮成績，讓那些歧視我們、瞧不起我們的人，跌破眼鏡、甘拜下風！

脾氣來了，福氣就沒了！

我們要以超強的「韌性和意志力」，來「穿越磨難、戰勝挫折」！

有個年輕人，自從大學畢業後，就和父親不相往來，連父親過世出殯時，也不願去參加喪禮。為什麼這年輕人對父親有如此的「深仇大恨」呢？原來老爸曾有一次在生氣時，大聲對兒子說：「你這種角色，以後沒什麼出息啦！」

兒子一直記得父親說的這句話，二十年來，始終憎恨著父親，也讓自己活在失敗的陰影中，不斷地打擊自己的信心。

其實，人生最大的快樂，是「當別人瞧不起我的時候，我做到了！而且，我做得漂亮極了！」一個人，千萬不能被別人的一句話擊倒啊！

「肯定自己、相信自己、看好自己」——每個人只要堅信自己是個人才，就一定可以做出一流的事業，千萬不能把自己看做是「後段班」、「放牛班」、「沒出息」的學生呀！

所以，有挫折時，盡量不要生氣，要沉住氣，因為「脾氣來了，福氣就沒了」、「滅卻怒氣最吉祥」，只要「脾氣走了，福氣就會回來了！」

《AQ——逆境商數》的作者保羅·史托茲統計，一個人平均一天接觸到的大大小小挫折為二十三次；這個數字看起來很嚇人，可是，在生活上、工作上、學業上，我們的挫折真的不少，累積起來，都會成為一本厚厚的「挫折帳本」。

可是，有些人把「挫折帳本」丟了，不管了，用笑臉迎向陽光；有些人的「挫折帳本」愈積愈厚，愈來愈生氣、愈暴躁、愈沮喪，甚至一直活在挫敗中，最後竟被自己打敗！

別讓「挫折帳本」愈來愈多哦！

其實，一個「不生氣、要爭氣」的智慧高手，代表著他的生命擁有超強的「韌性」和「意志力」；他能忍住氣、忍住委屈，最後終能「穿越磨難、戰勝挫折」！

真的，我們永遠不能被自己打敗！我們一定要以自己堅強的「韌性和意志力」，做出漂亮成績，讓人刮目相看、喝采叫好！

激勵佳言

- 認錯、自省，常是人們成長的第一步。
- 用心待人，就會遇到天使。
- 要做「智慧的巨人」，別做「情緒的侏儒」。
- 人的憤怒、愁煩與計較，使人快速蒼老。

找到生命的著力點

我們可以從「二流」變成「一流」，也可以從「一流」變成「超一流」！

念嘉義縣義竹國小六年級時，級任老師要我們天天寫日記、背作文，培養了我寫作的興趣。念台中市衛道中學時，我得了全校、全市作文比賽第一名，更加深了我對寫作的愛好。

在藝專讀書時，多次主動參加演講比賽，是我的自我要求，以致在成功嶺和服兵役時，都屢屢在比賽中名列前茅。在美國念書時，我成績不好，但遇到許多喜歡我、賞識我的好老師和同學，讓我順利地完成學業……

人生一路走來，會「遇到」許多的人和事，可是每次的「遇到」，就是一個人生的轉折點！有時「遇到」一位好老師，就給我無限的啟發和鼓舞；

有時「遇到」一位新朋友，他就協助我，幫助我度過課業難關。

當然，有時我們也會「遇到」一些倒楣事！例如，車子停得好好的，卻被別人撞了一個大凹洞！真的，人會遇到什麼，是無法預測的。

可是，不管如何，我都告訴自己——**「要用心把每件事做到最好！」**因為，**只要「堅持用心做好一件事，就是成功啊！」而且，只要把事情做得完美，下一個好運可能就會來臨！**

的確，每個人都要找到**「自己生命的著力點」**，發現自己的興趣和專長，而全心投入、積極提升自己。生命中若沒有「著力點」，生命就會缺乏向前邁進的動力啊！

根據「吸引力法則」——人的準備愈多，專業知識和技能也會愈高，那麼，就會有一種神奇的力量，把你所需要的人脈、機會和資源全都吸引到生命裡來；也因此，所遇到的好機運，也會愈來愈多！

所以，我們都要加倍學習，讓自己全心投入，做好每件事，而成為一個「更專業、更具吸引力的人」，也吸引更多「贏的籌碼和機會」！

真的，只要我們願意，我們可以從「二流」變成「一流」，也可以從「一流」變成「超一流」！只有讓自己更傑出、更不平凡、更具吸引力，才能產生更多價值，生命才會更有意義啊！

激勵佳言

- 人不怕沒機會，只怕機會來時，自己實力不夠、努力不夠！
- 肯吃苦，苦半輩子；不吃苦，苦一輩子！
- 機會不會上門來找人，人必須主動去找機會！
- 我們都要「化失敗為轉機，讓生命重開機」！

痛苦會過去，美麗會留下！

或許有一時的僥倖，
但，絕對沒有永遠的埋沒！

假如問道：「想成功的人請舉手！」相信絕大部分的人都會舉手。但，如果問道：「想吃苦的人請舉手！」則可能很多人都不會舉手。

記得我在世新大學擔任口傳系主任時，曾要求大一新生都要「編班刊」，而且是每週一次。當時，新生們都哇哇叫，覺得這是一項不可能的任務！因為，系上沒有經費，學生必須自己訂題目去採訪、編輯、下標題、選字體、字型、攝影，甚至去印刷……這些事情他們都沒學過、都不會啊！

可是，我認為，「不學不會，一學就會！」所以，我要求新生們，五人一組，每人都必須達成任務，務必每週如期出刊，不得延期！即使晚上不睡覺，也要把班刊做出來；即使一兩餐不吃飯、省下金錢，也必須印出漂亮的作品。

真的，這是壓力！可是，如果沒有壓力，人怎麼能夠進步？

當時，有許多學生都持反對意見，但，在我的壓力下，他們都勉強去做了，最後也都如期達成任務了！

當班刊印出來時，我看到一些學生紅著眼睛，因為他們幾乎兩晚沒睡覺，全力以赴，做出自己生平的第一次作品，哇，真是可喜可賀呀！

後來，有新聞系老師對我說：「戴主任，我們新聞系都做不出班刊，你們口傳系竟然做到了，真是厲害！」

當然，這不是我厲害，而是同學們願意吃苦、通力合作的結果。

您知道嗎，班刊不做，一星期會過去；但，努力痛苦地做出班刊，一星期也是會過去！但，其中所不同的是——「痛苦會過去，美麗會留下！」在

奮鬥過程中，所有痛苦都會過去，但美麗的成果一定會留下來。

所以，有些口傳系同學畢業後，遇見我時，他們對我說：「戴主任，大學四年中，最痛苦的是熬夜編班刊，可是，我編了很多班刊、系刊，累積了很多經驗和作品，所以一畢業，找工作，一下子就被錄取了。」

真的，「痛苦會過去，美麗會留下！」**我們每個人都要學習——「往壓力最大的地方走！」**因為，只有往壓力最大的地方走，我們才能激發出潛力，迸發內在的潛能啊！

也因此，**「樹的方向，由風決定；人的方向，由自己決定！」**

我們都必須決定自己生命的方向，絕不能平庸、平淡、麻木地過日子呀！因為，**「或許有一時的僥倖，但，絕對沒有永遠的埋沒！」**只要我們肯吃苦、往壓力最大的地方走，我們就一定不會被埋沒，就一定會成功！

「樹的方向，由風決定，但人的方向，由自己決定！」

專注於一，才能跑第一

人輸在起跑點沒關係，
但，不能輸掉學習態度！

這輩子，我的英文、數學、物理、化學、歷史、地理……都不好，可是想想，「自己的人生跟數學、物理、化學有什麼關係呢？」說真的，我的功課，大概只有「國文作文」比較好而已；而且，敢上台說話。可是，它竟成為我這一生中，謀生的最重要工具。

的確，「**走知道的路最近，做熟悉的事最快！**」

我們的一生，要清楚自己的專長是什麼？要知道自己走哪些路最近、做哪些事最快、最高興？真的，只要「**簡單、專注，人就可以跑出第一**」啊！

其實，每個人都要「擺脫自卑的生命」！

當年，我只有三專畢業的學歷，但我知道，一定要擺脫「高不成、低不就」的學歷，不然，我會被自卑的陰影所籠罩。所以，只能尋求突破！

「人輸在起跑點沒有關係，但總不能輸掉學習態度！」而這學習態度就是——「專注和毅力」。只要專心把一件事做好，只要讓自己在某一領域成為「專家」，自然會有人來邀請你、挖角你、肯定你。

西諺說：**「只有冒險，才能進步！你不能盜向二壘，卻又把腳停留在一壘。」**（Progress always involves risk, you can't steal second base and keep your foot on first.）

「該出手，就要出手！你不出手的那一球，百分之百不能進球。」

（You miss one hundred percent of shot you don't take.）

很多人問我，為什麼敢辭去大學系主任教職？其實，回首這段來時之

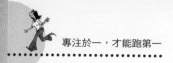

路，我只能說——「我知道我走什麼路最近，做什麼事最能勝任、最快樂！我不想什麼都要，我必須放棄某些事，因為，專注於一，才能跑出第一！」

而且，在該出手時，就要勇敢出手！至少，勇敢地將手上的籃球投出去，才有機會入網得分；只有勇敢全力揮棒，才有可能擊出安打或全壘打啊！

激勵佳言

- 挫折，只是一時的灰暗；只要「火種未熄、目標尚在」，則一定有峰迴路轉的一天。
- 不能做一個輕易就被傷害、被擊倒的人！
- 我們不能「積懶成習、慣壞自己」！

不能十全十美，要力求完美！

事情不是要「做完」而已，而是要盡可能地「做到完美」！

當我們說「一切沒問題」時，常會做出「ＯＫ」的手勢，或是嘴巴說一句：「ＯＫ，沒問題！」

到底人為什麼會說「ＯＫ」呢？「ＯＫ」又是怎麼來的呢？是大拇指和食指圈起來很容易，還是另有其義呢？

經查證的結果，原來是一百六十幾年前，美國郵局有名職員名叫「歐貝德．科里」，他每天都要在經手的郵件上簽自己的姓名，以示負責；可是信件太多，簽上全名很麻煩，所以他就以「名字縮寫」的方式，簽上「ＯＫ」兩個字母，來代替姓名。

這個簡便的做法，獲得大家的認同，連美國電報局也於一八四四年起，採用「ＯＫ」作為驗收電報的確認方式，所以「ＯＫ」就逐漸成為一句流行的用語。

當我在美國念書時，教授經常會在我的報告上用紅筆畫線，並寫上「ＯＫ」兩字。可是，寫著「ＯＫ」，不是「很棒」的意思，而只是「不錯」、「尚可」；然而，只要我寫的內容教授覺得「很好、很棒、很激賞」，他經常會在報告的段落或最後，寫上「excellent」。

當然，「ＯＫ」是不錯，可是看到教授寫著「excellent」，是表示「極佳」的意思，這是多麼令人欣喜若狂啊！

有時候，我看到學生的研究報告，是寫好了、寫完了、交差了，可是，裡頭錯字一堆，或是句子不通順，或是隨便抄來一段他人的文章內容……唉，交出報告之前，怎沒再檢查一遍？多用心一點，就能把報告內容修改得更棒呀！

所以，我告訴學生：「事情不是要『做完』而已，而是要盡可能把它『做到完美』！」因為，我們不可能做到「十全十美」，但我們可以「力求完美」啊！

同時，盡可能把事情做到完美，才能得到「excellent」的評價，而不是只有「OK」而已啊！

激勵佳言

- 人，總是要勵志千百遍，才能進一步一點點；也總要等到來不及，才知道不再有時間。
- 許多天才，都因缺乏勇氣，而在這個世界上消失！
- 只要理想在，就不怕路茫茫！

「用心、認真」是成功的必備態度

生命不要求我們成為「最好的」，
只要求我們「盡最大的努力」！

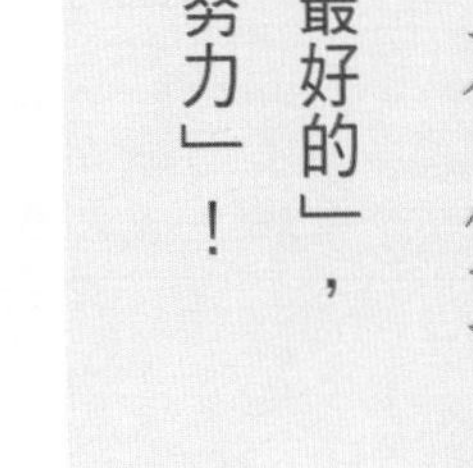

前些天，有一位聽過我演講的國立大學企管系男生，打電話到我辦公室，問我說：「戴老師，我已經大四了，我不知道畢業後要不要出國留學？我們念企業管理的，出國念書回來後有用嗎？」

電話中，我問他：「這個問題，你有先請教過你們企管系的老師嗎？」

他說：「沒有。」

「你要不要先問問你們系上學企管的專業老師呢？我是念文科、傳播的，你問我這個問題，好像是問錯人了……你還有其他問題嗎？」

這名男生有點緊張地再問說：「戴老師，如果我想出國念書……我要先準備什麼？」

這時，我對這名男同學說：「謝謝你打電話給我，可是，我不知道你打電話問我問題前，是不是有做過相關的功課？譬如說，請教學長和老師、或上網查詢如何準備出國、如何準備托福考試？」「沒有！」「是啊，你任何相關的功課都沒做，就打電話來要我回答，是不是有點唐突？你是不是自己先去查詢、了解之後，有問題再來問我……」

這名男同學被我這麼一說，覺得不太好意思，嚇得趕快把電話掛掉。

其實，身為一名老師，我很樂意幫助學生，但，假如學生連最基本的功課都不做，或連最基本的問題都不去查詢，只要求老師給予解答，這似乎是不太認真的做法。

事實上，「用心、認真」是年輕人成功的必備態度。

有些學生想來採訪我，先前已經看過我多本的拙作，甚至洋洋灑灑列寫了許多問題，傳真給我，要求能給予他們採訪的機會。看到這些學生如此的「用心、認真」，我如何忍心拒絕他們呢？我如何忍心澆熄他們火熱的心呢？不會的，**只要「用心、誠心、認真、積極」，別人是看得見的，也不會忍心拒絕我們的！**

有句話說：「**對別人不要太計較，但要對自己好好計較！**」

的確，我們對自己要好好計較——計較自己今天是否用心、認真地學習？計較自己今天是否浪費時間、沒有進步？計較自己今天是否像海綿一樣，大量吸取別人的經驗和智慧？

西洋哲人說：「**生命不要求我們成為最好的，只要求我們盡最大的努力。**」（Life doesn't require that we be the best, only that we try our best.）

是的，我們不一定能成為最好的，但我們可以因著自己的「用心、認真」，好好地計較自己、要求自己，而使自己的生命愈來愈美好！

靜心儲備再起飛的能量

高興時，高興一天就夠了！
悲傷時，也難過一天就夠了！

我的工作室在台灣大學附近，所以我經常到台大跑步或散步。台大的校園很大，也很漂亮，尤其是椰林大道，有綠地、又有杜鵑花，在花季時，真是美不勝收。

在椰林大道中，有一個名聞遐邇的「傅鐘」，是為了紀念傅斯年校長而建的；當傅鐘的鐘聲響起時，大家都可以在校園中聽到「二十二響」清脆悅耳的鐘聲。

可是，為什麼傅鐘會敲「二十二響」呢？怎麼不是「二十響」，或是像迎國賓時的「二十一響」禮炮？抑或是一天二十四小時，就敲「二十四響」

啊！

有位資深教授說，台大傅鐘一次敲二十二響，是因為傅斯年校長認為，每個人在一天二十四小時之中，應該留「兩個小時」來思考，讓自己一個人靜靜地獨處、閱讀、思考……不能讓自己盲目地瞎忙，忙到連自己都不知道在忙什麼？

的確，「思考、學習」是生命的原動力，人如果不靜思、不充電、不學習新知，就會「被掏空」，以致生命愈來愈貧乏，甚至逐漸被淘汰。

因此，**「我們的才華是老天爺所給予的，但，自己的才藝與知識，卻要靠自己努力學習！」**

過去有些知名的演員、運動員，或知名的影歌星，曾經叱吒一時、馳名海內外，可是他們不再學習、突破，或不知珍惜自己的羽毛、積極改變，以至於使自己逐漸消失！

每個人，每天都要留兩個小時，來閱讀、思考！

其實，「今天的我，是昨天的我所造成的；明天的我，也是今天的我所造成的。」不是嗎？

所以，我們每個人都要有靜心思考的時間。有時，我看到一些年輕朋友，或生意人，每天忙著應酬，一攤結束又繼續一攤，老是吃飯、喝酒、唱歌……甚至有時喝得醉醺醺的。唉，人如果沒有靜思的時間，不知道靜心思量、檢討自己、蓄積能量，就會使自己「忙、盲、茫」呀！

真的，我們都要有「沉潛期、靜思期」，來儲備下一次再起飛的能量！

生活當中，有興奮、有快樂、有悲傷、有煩憂。但是，高興時，「高興一天就夠了」；悲傷時，「也難過一天就好了」！因為，明天太陽升起時，我們都要打起精神、重新出發，微笑且勇敢地迎接新的一天。

人要趴下，才不會中槍！

要謙卑，才有尊嚴；強出頭，常會撞到頭！

最近一位我過去任教大學的同事，到我辦公室來和我聊天。她提及，十年前我還在學校任職時，居然開了一輛凱迪拉克轎車來學校，把她嚇死了，也羨慕死了！而且，當時只有校長才有凱迪拉克座車。

哇，那已經是十年前的往事了。那時，我還在大學當系主任，喜歡開車，又有額外的版稅收入，就買了凱迪拉克的車子。可是，一年後，我覺得太招搖了，而且油耗很凶，再加上車體太大，機械停車位不方便停車，於是，我便將它賣掉了。我想，年紀輕輕，太過招搖，是真的不好，賣掉它，反而心情輕鬆，不再有壓力。

古時候，晏子當宰相，他的車夫自認是宰相身邊的人，就態度高傲、趾高氣昂。一天，車夫的妻子看不過去，就對著老公罵說：「人家宰相坐在車上，都是謙虛有禮的模樣，而你，只是一介車夫，驕傲什麼？」車夫聽了，心生慚愧。的確，只是個車夫，有什麼好驕傲的呢？於是，車夫改變態度，也變得恭謹謙和。

所以，古人說：「**處順境，不可傲，須謹慎；處逆境，不可悲，須忍耐。**」

每個人的一生，有順境、有逆境。過去的我，為了出國念書，托福考了八次，整天躲在圖書館苦讀；當然，那種日子是難熬的。不過，多年後，拿了博士學位，順利受邀進大學當系主任，就比較平順，心態上就會生出驕傲之心。

記得有一次，我在馬來西亞演講，一位華人青年對我說：「**戴老師，一**

走在顛峰時，別太得意，要更加小心翼翼！

個人要成功很不容易哦！不過，要『守住成功』更難哦！」

真的，一個人在得意時、在巔峰時，都容易得意忘形，可是，走在巔峰，更必須小心翼翼、居安思危，因為高處不勝寒呀！而且，「**自傲常是粗心、疏忽的開始呀！**」

過去，曾有前輩告訴我：「晨志啊，你要記得，不要常出鋒頭。你年紀輕，表現太紅的話，一定有人會嫉妒你；你太驕傲冒出頭，一定會有人打你的頭！」

想想也對，「**人要趴下，才不會中槍；要謙卑，才會有尊榮！**」一個人，太過於強出頭，就會撞到頭啊！

所以，「**人要有信心，但還要很小心。**」就像學柔道時，教練常會訓示：「**要像楊柳一樣柔順，不可像橡樹一樣硬挺；低頭、柔順、彎下腰，才能盡可能地閃躲過敵人的強勁攻勢啊！**」

別贏了一時，輸掉一輩子！

不比「氣盛」，要比「氣長」；不要「鬥氣」，而要「鬥智」！

世界知名大導演史蒂芬．史匹柏，是生長在基督教徒社區的猶太人，但因猶太人不過聖誕節，所以他們家是全鎮一片聖誕彩燈中，唯一沒有裝飾燈的家庭。史匹柏曾懇求父親也能點彩燈，以免給別人指指點點，但父親並未同意。

從小，因史匹柏是猶太裔，又不太有自信，所以交不到朋友，也沒有女孩願意和他出去約會，天天形單影隻；有些同學也對他有敵意，甚至以「猶太鬼」叫他、欺負他。可是，史匹柏並不因同學的歧視而喪志，反而在他喜歡的電影中，力求表現。他嘗試用老舊的八釐米攝影機拍電影，拍恐怖片、喜劇片，讓同學們看到他「高人一等的能力和功力」。

如今，史匹柏是全世界頂尖的電影大導演，備受尊重；而過去歧視他的人，也都自掏腰包去看他的傲人電影！

人活著，不是在比「霸氣」，而是要比「智慧」、要「爭氣」！

只靠拳頭、盛氣凌人、咄咄逼人，又有什麼用？以「實力、能力」來讓人服氣，來創造自己的命運，才是聰明有智慧的呀！

一個人若沒有ＥＱ智慧，只會比大聲、比凶狠，即使贏了口舌，甚至砍殺對方，又怎能算是贏呢？所以，**「輸中有贏，贏中有輸」，我們千萬不能只為「贏了一時」，而「輸掉一輩子」啊！許多男女之間的情殺事件，不都是如此嗎？——「錯誤的贏，有時會是一大傷害呀！」**

《佛光菜根譚》說：「**前進，固然有道路，回首，也有一番天地；仰望，固然很遼闊，低首，更有三千世界。**」

真的，天地很遼闊，處處有迷人的花香！

我們的「情緒忍受力」愈強、「挫折容忍力」愈高、「行動意志力」愈積極，那麼，我們成功的機率就會愈大！

所以，人生不比「氣盛」，要比「氣長」；人活著，不要「鬥氣」，而是要「鬥智」啊！

激勵佳言

- 在苦難中，要勇敢尋找「絕處逢生」的契機。
- 經國先生說：「失意時需要忍，得意時需要淡。」
- 如果現在的挫折，能帶給你未來幸福，請忍受它；如果現在的快樂，會帶給你未來不幸，請拋棄它。

Part.3

積極造就自己，別平庸一輩子！

信念造就一生，堅毅成就美夢

我們要用「信念」來自我加持，讓自己真正亮麗地活過！

美國有個黑人小孩名叫羅傑，他和一般的小朋友一樣，很愛玩、不愛念書，經常整天玩得全身髒兮兮的。而他所念的小學校長，自稱很會「看手相」，時常利用看手相的機會，來和學生說說話。

有一天，那位校長拉著羅傑的手，對他說：「我一看你修長的小拇指，就知道你以後會很有成就，你以後會當上紐約州州長。」

當時，小羅傑好驚訝，也好興奮，因為，他只聽過老奶奶曾對他說，如果他很努力，以後會當「五噸重的小船船長」；現在，校長竟然說他會當上紐約州州長，真是太神奇了！

從此以後，「紐約州長」一詞，就不斷地在小羅傑的腦海中出現，也不斷地激勵著他；也因此，小羅傑的衣服不再髒兮兮了，也不再說髒話、或和同學們鬼混蹺課，而是開始循規蹈矩，努力地用功念書。因為，他聽信校長的話，有一天，他會成為紐約州州長，所以他不停地自我期許、自我要求。

在五十一歲那年，羅傑經過艱辛的選舉，他創造了奇蹟——他，被選為紐約州歷史上的「第一位黑人州長」。

在就職演說中，羅傑告訴民眾：**「『信念』這個東西，值多少錢呢？其實，『信念』很不值錢，有時，它甚至只是一個『善意的欺騙』。但是，如果你不斷地堅持下去，它就會很快地升值，最後成為無價之寶！」**

的確，「信念」這種東西，或許只是一句話、或是一個念頭，它根本不值錢；可是，只要你去相信它、或是堅信不移地實踐它、力行它，它就比任何大師的加持更有用，它可能就是改變一生的無價之寶啊！

所以，我很喜歡一句話——「信念造就一生，堅毅成就美夢！」

人，如果沒有「信念」，就不會有奇蹟！

人，如果有「堅強的信念」，就能創造奇蹟！

以前，我只有三專學歷，但我相信，我要「造夢」，我可以出國，可以當上電視記者，後來我做到了！兩年後，我又想「造夢」，又開始深信另一個「信念」——我要再進修、要出國拿博士學位，後來，我又做到了！

真的，做個「造夢的人」，是多麼喜悅呀！擁有「信念」，而不斷「造夢、圓夢」，是令人多麼開心啊！

其實，我們每個人都會離開人間，但是，當有一天，我們回首一想：「我們是不是真正亮麗的活過呢？」真的，我們都必須更積極、用心，也用「信念」來自我加持，來「努力活出自己」、「為自己真正活過」，才會不虛此生啊！

別讓火熱的心熄滅啊！

人不怕慢，只怕站；人不怕老，只怕舊！

有一隻狗在街上閒逛，看見佈告欄上有一張告示，上面寫著：「誠徵文書人員——會打字、懂電腦，精通兩種語言。免經驗，機會均等。」結果，那隻狗就進去申請，但被經理拒絕了。

狗很不服氣地指著「免經驗，機會均等」幾個字，向經理抗議，經理沒辦法，只好說：「好吧！那你打字給我看！」那條狗慢慢地走到打字機前，用狗爪打了一封信。

「那……你會用電腦嗎？」經理再問。

那隻狗又靜靜地走到電腦前，打開電腦，將一些資料輸入檔案中。

這時，經理又氣又急地對狗說：「可是，我真的不能雇用你這隻狗做文書工作呀！那……那你也要會說兩種語言呀！」

那隻狗聽了，抬起頭對著經理叫：「汪！汪！汪！……喵～喵～……」

人真的不能只有「一種專長」呀！現代科技日新月異，可以學習的事物太多了，我們都不能只固守舊觀念、舊技術，而不再學習新知識、新技能。因此，一個人接受的專業訓練愈多，就愈有專業技術，也就愈能面對工作的挑戰；而「工作選擇權」是站在有專業技術和能力的一方呀！

自由落體定律說：「凡上升的，終必下降。」

而且，「上升時慢，下降時快！」

真的，上升的東西，都會下降；上台的人，都會下台；成功的人，名氣也會過去！相同地，要成為名人、國手很不容易，但要結束名人、國手生命，卻很快速！假如不趕快學習「第二、第三種專長」，則掌聲來得快，去

我是狗，可是我會打字、會處理文書，也會說兩種語言！

得也很快啊！

所以，「扭轉乾坤靠自己」，我們怎能「原地踏步」，而不趕緊為「更上層樓預做準備」呢？如果我們一味地認定「我只能做什麼」或「不能做什麼」，那麼，「只有一種專長」可能會扼殺或限制自己的前途呀！

也因此，「人不怕慢，只怕站！」「人不怕老，只怕舊！」我們不怕自己跨出去的步伐太慢，只怕自己站在原地不走；我們不怕年歲老了，只怕自己的心舊掉了！

只要我們有顆火熱、跳躍的心，隨時學習新知識和新技術，就不怕會被淘汰啊！

做好「再挑戰、再奮鬥」的準備

人的夢想一旦消失，就像折翼的小鳥，再也無法翱翔天際！

我有個女性朋友，在某大公司任職一段時間後，想再重新當學生、念研究所，因為她覺得，若到七、八十歲回首時，發現自己只有大學學歷，心裡一定會很難過。下定決心後，她破釜沉舟地寫了辭呈。

隔天，辭呈尚未送出時，公司貼出新人事令，她被升為「科長」。天哪，怎麼辦？升官了，薪水也增加了，要不要辭職？她掙扎、猶豫了兩天，狠下心向副理提出了辭呈，並解釋道——她一生中「少了薪水」沒關係，但若她安於現狀，不能再衝刺、再充電，而「少了學歷」，則會變成她一生的遺憾。

隔日清晨，副理在她桌上放了一封信，內容寫道：「小倩，我很佩服妳的勇氣和決心！十年前，我和妳一樣有個夢想，想去實現，可是我猶豫不決，捨不得、放不下，所以一拖再拖！如今，十年過去了，我有家、有很多羈絆，已經不容許我再去實踐夢想。昨天看到妳的辭呈，我一晚上睡不著覺，想著十年前的我，十分傷感與慚愧！祝福妳，妳一定會成功！」

西洋哲人亨利．梭羅說：「**與其坐在船艙中，風平浪靜地航行，我寧願選擇站在波濤洶湧的甲板上，迎向風雨。**」

許多人不敢嘗試，而放棄「再深造、再學習」的機會，因為，深怕「現有位子不見了」！可是，哪有什麼位子可以安穩坐一輩子？人必須勇於突破，隨時做好「再挑戰、再奮鬥」的準備啊！

所以，西方哲人說——「**人的夢想一旦消失，人生就會像折翼的小鳥，再也無法翱翔天際！**」我們不能讓自己的夢想逐漸變小，甚至消失不見啊！

在現今資訊瞬息萬變的時代，我們必須有「隨時重當學生的心」，不斷地學習，也向成功者請教，才能使我們「全身蛻變」——**打破陳腐死寂的「舊我」，成為亮麗耀眼的「新我」**。

激勵佳言

- 要多向成功者請教，要多和積極奮鬥的人做朋友！
- 生命中要有「治水泉源」——讓自己「破繭蛻變、亮麗再現」！
- 成功的殺手，是咱們「畏懼失敗、懦弱逃避」的心！
- 一枝草、一點露，天無絕人之路。

別讓自己平庸一輩子！

與其在鶴群中當雞，不如在雞群中當鶴！

曾看過一部電影——《安娜與國王》，是由老牌演員周潤發與美國知名女星茱蒂佛斯特所主演。劇中，周潤發飾演泰國國王，而與英國家庭教師發生一段愛情故事。

在整部電影中，周潤發必須說「英語」和「泰語」。而新聞曾報導，周潤發為了進軍好萊塢，特別請了英語老師，不斷地上課、學習。說實在話，周潤發已經不年輕，舌頭也硬了，要學好道地的外語，實在很不容易；他，曾經「好想放棄」，因太辛苦了，好累！

原本，周潤發在香港已經是「天王巨星」，有錢、有名、又是大紅牌；

可是，他並不以此為滿足，他想突破自己，他要「進軍好萊塢」，他不能一直在香港飾演「黑社會老大、殺手、警察、賭客」等老舊題材的主角。也因此，周潤發暫時放棄香港有閒有錢的享受，勇敢接受挑戰——到美國好萊塢開創新局！

當周潤發在拍攝《安娜與國王》時，幾乎是銷聲匿跡、潛心學習。有些大牌演員看到周潤發很久沒作品出現，即公開揶揄說：「如果是我的話，我不會在沒準備好時，就貿然放棄香港的演藝事業……」

可是，什麼叫「準備好」？如果我們「沒有勇氣、不敢冒險」，可能永遠沒有「準備好」的一天。阿姆斯壯、艾德林等美國太空人，若「沒有勇氣、不敢冒險」，他們也絕不會在人類登月歷史中，留下千古美名啊！

所以，許多天才常因「缺乏勇氣」，而一無所有，平庸一輩子啊！

有句俗話說：「與其在鶴中當雞，不如在雞中當鶴。」

「與其在鶴中當雞，不如在雞中當鶴！」

人，都要靠志氣，讓自己在雞群中脫穎而出！

我們都要「靠志氣，別靠運氣」，在工作中肯冒險，盡情發揮專長，有一天，就可以快樂地「在雞群之中」，當一隻「漂亮的鶴」！

激勵佳言

- 真正的敵人，常是自己懶惰、懈怠、不知堅持到底的心！
- 尼采說：「痛苦的人，沒有悲觀的權利！」
- 一個人若「失去鬥志、失去希望」，就會對身體帶來危機；因為，「沮喪、絕望」是健康的大敵。

千萬別讓懊悔成為習慣！

每個人都要用「志氣」與「願力」，來自我灌頂、達成目標！

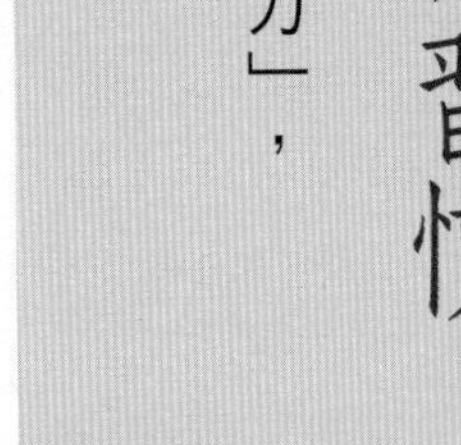

「我依舊相信一個叫做『希望』的地方。」這是柯林頓一九九二年競選美國總統時，廣為人知的競選口號。他向選民大聲推銷的「希望」，就是他的出生地——阿肯色州的希望鎮（Hope），人口只有一萬人左右。

其實，柯林頓是個遺腹子，家境貧窮，繼父又經常酗酒、也向母親動粗。所以，他十五歲時，就站上法庭，為母親的離婚官司作證；也因此，柯林頓從小就十分堅強、獨立。而柯林頓小時候的同伴說，柯林頓「從小就想當總統」，也常告訴玩伴：「歡迎你們將來到白宮林肯套房來住！」

後來，柯林頓在念中學期間，不斷地競選校內各種公職，幾乎每選必

中，可說是校內最受歡迎的學生；當時同學們就預測，柯林頓有一天很可能會當上白宮主人。

高三，十七歲時，柯林頓代表阿肯色州青年，訪問白宮，並與他的偶像「甘迺迪總統」握手。那時，柯林頓非常興奮，因為一個來自「希望」窮鄉小鎮的窮學生，竟然能和舉世聞名的甘迺迪總統握手，是多麼榮耀啊！「大丈夫豈不該如是也？」所以，從那一刻起，柯林頓就決心從政，而「做美國總統」的信念，就成為他不斷地為自己「加持」的力量！

三十三歲時，柯林頓選上阿肯色州州長，也是當時全美國最年輕的州長。後來，他更如願地當上美國總統八年，為美國人民帶來前所未有的經濟繁榮景象。

每個人都需要有「信心」，來自我加持！

每個人也都需要「志氣」與「願力」，來自我灌頂！

要征服一座高山，必須從山腳開始起步！而要達成願望，則必須堅定信念，一步步「為自己鋪路、為自己加持」，不達目標，絕不終止。

有時，我們經常陷於懊悔的情況——「唉，考試又沒考好；唉，作業又遲交；唉，計畫又沒如期完成；唉，生意又沒搞好；唉，開會資料又沒有準備齊全……」

人生有許多懊悔，可是，「千萬不能讓懊悔成為習慣」；我們都要不斷地「自我加持、身體力行」，人生才不會一直懊悔！

激勵佳言

- 要有達成目標的習慣；「會做而不做，就是懶惰！」
- 入門並不困難，但要堅持到底，卻不簡單。

失去勇氣，就失去了全世界！

上半生，必須「不猶豫」，
下半生，才會「不後悔」！

有一個父親告訴剛考上大學的兒子說：「兒子啊，你將來做事要大膽、要勇敢，決不能瞻前顧後、畏首畏尾！當你年長時，回顧過去，你將會發現——後悔沒有做的事，總會比後悔做了的事多！所以，兒子啊，我要你寫出，你這一生中最想要做的二十五件事，把單子放在皮夾裡，你要經常拿出來看！你千萬不能忘記你的夢想……」

人生有很多事想做，但我們不能讓自己在上了年紀時，後悔自己「當初為什麼沒有勇氣去做？」「當初為什麼沒有堅持去實踐自己的夢想？」

真的，**「人如果失去了勇氣，就失去了全世界！」**

「目標」和「熱情」，是點燃成功的火種呀！人有了目標和夢想，就要寫下來，並訂出實際可行的行動策略，積極地去實踐它！

所以，想環遊世界，絕不是「用想、用講」的，而是要「用腳去付諸行動」。想贏得跆拳道奧運金牌，就必須放棄玩樂享受，不停地帶傷苦練正踢、側踢、迴旋踢，不是嗎？

當我們有了目標，即使像龜兔賽跑中的烏龜，也能到達目的地！因為，烏龜「slow but sure」，牠雖走得慢，但牠的腳步穩健、步步向前啊！

所以，「緩慢，也是一種速度，也是一種另類的到達！」

人生只要堅持，就會看見希望！

人生只要認定目標，全力以赴，就是美好的抉擇，也都能為自己贏得人生的金牌！因為，**「有決心，就有力量；有毅力，就會成功！」**

因此，我們的上半生，必須「不猶豫」，下半生才會「不後悔」啊！

以才待機，開創勝利新局！

有三樣東西，我們無法抓回來，就是——「時間、做過的事，以及機會！」

曾聽說，經營之神王永慶的旗下企業員工有數萬名，平常要和王先生見面的機會，實在微乎其微。但是，偶爾王永慶先生會找一些部屬一起「吃午餐、順便開會」。而王先生在吃飯時，經常會向部屬提問相關問題；假如，被詢問的幹部沒準備、一時答不出來，則這名幹部，以後就「再也沒有機會和王永慶吃飯」了！

好可惜哦，是不？

但是，一個成功的人，必須抓住「生命中的可能」，讓自己一直維持在「備戰狀態」，而當機會來臨時，能隨時信心十足地上場；因為，機會，絕

不會留給「準備不周」的人呀！

有人說，有三樣東西我們永遠無法抓回來——「一是時間、二是已做過的事、三是機會！」

雖然機會「一去不復返」，但我們也確信，沒有一個成功的偉人曾經抱怨說：「我沒有機會。」

所以，什麼叫「好運」？**好運是——當機會來臨時，我們已經做好「萬全的準備」了。我們必須「以才待機」，以我們的才能來等待機會啊！**

有些棒球員，常抱怨自己只有「坐冷板凳」、「代打」、「代跑」，或當「救援投手」的分；可是，「代打」豈不也是個「機會」？只要你適時擊出安打、或全壘打，就可能「一棒成名」，而成為正式上場的球員啊！萬一你是「救援投手」，臨危授命，卻能從容不迫地把對手已經「滿壘」的爛攤子和危機解除，那麼，下一次「先發投手」的機會，豈不就指日可待？

所以，「等待機會，不如把握機會，

把握機會，不如創造機會！」

我們必須為自己的生命，創造一個勝利、成功的機會啊！

激勵佳言

- 站在高峰時，要謹守腳步，不能一滑溜，就跌到谷底。
- 得意時，不能忘形，要找退路，居安思危；
  失意時，不能喪志，要找出路，再創新機！
- 只要有勇氣，就一定會有榮耀。

少壯不努力，老大真的徒傷悲

小毛病不改，會變成大毛病；
腳底膿瘡不醫，會變成致命的敗血症啊！

曾經收到一讀者回函，上面除了署名之外，也寫道：「戴博士，我是個無業遊民，每天無所事事，『少壯不努力，老大真的徒傷悲！』人到中年百事哀！那天，我走過一家書局，看到你寫的《激勵高手》，很漂亮、很好看，我用我身上所有的錢，買了你的書。我以前是個洗碗工，不知道我是不是能跟戴博士面談？在X月X日前回信給我，因為，我住的房租到期了，超過日期，我又要開始流浪了……」

當出版社轉來這讀者回函時，已超過該日期了。而仔細看他的出生日期，「民國二十九年」出生，今年應該是六十多歲了。我心頭一陣感傷，不知道他現在人在何方？

「本來」，這兩個字是很有意思的，因為，它表示下面還會「有發展、有劇情、有轉折、有驚喜、有期待……」例如——

「本來」，我有學日文，但後來不想再學，就放棄了！

「本來」，我都提早上班、上課，後來捷運通了，我就睡懶覺了！

「本來」，我也是個莘莘學子，可是自己不努力，現在變成無業遊民！

也有個高中生說，我「本來」窩在棉被裡偷看漫畫書，沒想到，太好笑了，我忍不住笑太大聲，被我媽抓到，漫畫書就被沒收了。

這些「本來」，本來都是好的，不料，後來都變成壞的，多麼可惜啊！

假如，我們能「倒反」過來——

「本來，我對電腦都不懂，經過不斷努力後，現在都懂了！」

「本來，我一無所有、白手起家，經過一番奮鬥之後，現在終於小有成就！」

「本來，我脾氣很壞、憤世嫉俗、眼高手低，現在終於知道缺點、加以改進了！」

「本來，我家花園有許多雜草，現在我已經把它清除乾淨了！」

是的，我們要趕快清除「心靈花園的雜草」，也趕快抓出「心靈中懈怠的心」。因為，小毛病不改，會變成「大毛病」；腳底的膿瘡不醫，可能變成「致命的敗血症」啊！

所以，我們不能讓自己「習慣懶散」、「習慣舒適」、「習慣消極」；假如有一天，當我們老了時，我們親口說出自己「少壯不努力，老大徒傷悲」，那是多麼可惜、可憐、可悲啊！

要經常清理「自我心靈花園的雜草」哦！

我是主將，要打一場漂亮的球

人生的球賽，很快就到了「中場休息」，要不要「改變戰術、調整腳步」？

最近幾年，我經常有機會被邀請到各華人地區演講，有時在北京、上海、西安、廣州，有時在吉隆坡、新加坡……。再加上自己也安排到不同的國家旅行，所以，每天醒來，第一件事，常是先想一想：「我今天在哪裡？是在曼谷、東京、洛杉磯、舊金山、溫哥華？或是維也納、新德里、布拉格、開羅、或是墨西哥……」

真的，我經常在床上愣想了一下，確定自己身處的國家和城市，然後再翻身下來，找一找床邊的鞋子——是拖鞋、是球鞋，或是皮鞋，都好！感謝上帝，讓我還能夠起床！因為，能夠起床，是一件多麼讓人高興的事啊！多少比我們有才華、有能力的人，在該起床的時候，都已經醒不過來了，不是嗎？

一位很久沒見面的老朋友對我說：「老戴啊，我明年要退休了！」天哪，這位年紀與我差不多的朋友，居然要退休了，因為他當公務員明年就屆滿二十五年了！可是，才五十歲不到啊，怎麼這樣快就到了「中場休息」時間了！

其實，人生的球賽很快就到了「下半場」，怎麼辦呢？是領先、還是落後？要不要「改變戰術、調整腳步」？每天，當我們下了床，穿上鞋子時，總得想一想：今天，我要怎麼過，才是最有意義的？今天，我要如何打好一場球賽，才能珍惜光陰、不至於浪費？今天，我就是教練、也是主將，要如何利用每一分鐘，打一天漂亮的人生球賽，就看自己了！

美國前總統約翰·甘迺迪的墳墓前，放置了一把「永不熄滅的火炬」，

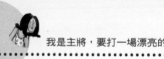

象徵著——「生生不息的人生」；而他的哥哥羅伯·甘迺迪的墳墓前，則是「一灘不斷流動的水」，代表著——「永不止息的人生」。

的確，人的生命是要「生生不息、永不止息」，也要天天超越自己，絕不能停止腳步、長期休息！

我自從三十六歲離開大學系主任教職之後，就成為一個不用上班的人，不用打卡、不用簽到、不用開會，也沒有長官管我；而且，我沒有年終考核、沒有年終獎金，更沒有「退休金」。然而，我知道，這條寫作的路，是我自己選擇的；也因為將來沒有退休金，所以今天就更要打拚！以後的養老金，就靠自己現在努力去積存啊！

聽，裁判的哨音又響起了，下半場的球賽又開打了，甚至是已快打完一大半了！我們每個人在人生球賽上，不能都只是「輕鬆打」，也不能一直自嘆、抱怨，我們都得上場拚命地衝鋒陷陣啊！

能夠起床，是一件多麼令人高興的事啊！

別輕言放棄，哪怕只有1%的機會

一個人最大的悲哀，就是懷疑自己的能力！

我有個朋友說，她最近迷上看日劇《阿信》，而且，每天看得一直哭，哭得淅瀝嘩啦的。為什麼？因為阿信好可憐，老是被欺負，可是，她總是逆來順受，所有吃虧的事，她都吞忍下來；她不反駁、不回罵，總是「心存樂觀、臉帶微笑」，也對未來充滿著信心與希望。

很多人也都看過電影《亂世佳人》，女主角郝思嘉在戰亂中、丈夫離去時，克制自己的情緒，不掉下一顆眼淚；同時，也對未來抱持信心與希望，所以她說：「明天，太陽依然會升起！」

的確，人生難免會遭遇許多挫折，也會有許多悲慼際遇；有人遇人不淑，有人被詐騙，有人中年失業，有人被情人拋棄、失戀……但，不管今天如何糟糕，一樣都會過去，明天依然會有「陽光與花香」！

其實，一個人最怕失去「信心與勇氣」，也最怕「自我放棄」。

這幾年，我常盡可能地去參加「金鷹獎」的頒獎典禮，因為「金鷹獎」是頒獎給傑出的殘障人士，而且，現場也都會有許多傑出人士的才藝表演。

我坐在台下，看著舞台上的表演者——有些是盲眼人，有些是聽障耳聾人，有些是雙腿切除的肢障者……可是，他們對生命都充滿著「陽光與希望」，他們絕不輕易放棄自己，他們始終憑著信心與勇氣，向噩運之神挑戰，絕不退縮。在那兒，我經常看得眼眶濕紅。

有人說：「人生最大的悲哀，就是懷疑自己的能力！」

真的，在人生道路上，每個人都必須「勇敢挺身站出來」，才有機會！

因為，**我們絕不會被「高山」絆倒，會將我們絆倒的，常是我們心中「懦弱**

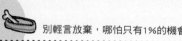

膽怯的小石頭」啊！

楊恩典小姐一出生，就沒有雙手，可是，她憑著信心與勇氣，艱苦地用腳作畫，而成為知名的口足畫家。同時，她還勇敢地結婚、生出可愛的小嬰兒、自己照料；甚至，即使沒有雙手，她仍然堅持親餵母奶。

事實上，我們都沒有「選擇出生環境的權利」，但我們絕對有「改變生活環境的權利」；我們都不能改變「環境」，但都可以改變「心境」。只要我們的心中充滿「陽光、希望與信心」，我們就一定可以改變命運啊！

所以，我們絕不能輕言放棄，哪怕只有1％的成功機會！

只要有一絲成功的機會，我們都必須把握！

畢竟，「活著，本來就不是一件輕鬆的事」；生命中，要勇敢地活下去，就需要有堅強的毅力和智慧呀！

Part.4

不怕別人歧視，只怕自己喪志！

專注，是成功的必要條件！

不一定要成為「博士」，
但是，一定要成為「專家」！

在國外，有個小學老師要小朋友說出自己未來的志向。小朋友們紛紛說，長大以後「我要當總統、科學家、太空人、將軍、醫生……」老師一聽，頻頻微笑稱好。最後，一名小朋友說：「長大後，我想當消防隊員，為老百姓救火！」

老師聽了，皺著眉頭，說：「當消防隊員救火，那很危險耶，你怎麼這麼沒志氣，就只想當救火員而已？」接著，老師叫這小朋友站起來，給大家看，叫其他小朋友不要跟他學習——「人要立大志，怎麼可以只想當救火隊員？」

後來，四十多年過去，那班級小朋友也都變成五十多歲的老人；這時，其他同學的願望「都沒實現」，而一心一意想成為「消防隊員」的小朋友，終生不改其志，專注於消防工作，而且，已當上「消防總署署長」了！

麥可喬丹，想必大家都知道他是全世界「最偉大的籃球員」，可是他有一陣子改打「職棒」，希望也在職棒史上留名。

沒想到，他到職棒，當外野手，表現平平，也老是「被三振出局」。過去他是職籃的明星球員，所有鎂光燈都不斷閃爍，以他為焦點；改打職棒後，鎂光燈閃鑠依舊，但卻是「看他如何出醜」？最後他放棄了職棒，回到他最熟悉的職籃。

你專心嗎？你執著嗎？且讓我們記得——必須多「學習專心」！因為**「好高騖遠」、「分散專注」是成功的大忌！**

唯有「專精、專業」在自己領域，才是成功的保證。

而且，**「專注」是成功的必要條件，也是成功的祕訣啊！**

所以，我們這一生，不一定要拿「博士」學位，但一定要成為「專家」；因為，不管是從事哪個行業，都要成為「頂尖的專家」，才能出類拔萃、出人頭地！

激勵佳言

- 只要「生聚教訓，十年磨一劍」，必有東山再起的時候。
- 「才華」是老天爺給的，「才藝」卻要靠自己學習！
- 「成功，是優點的發揮；失敗，是缺點的累積。」
- 只要願意「再試試看」——往往就能創造奇蹟！

刀不磨不利，人不學不義！

口袋可以空空，但生命一定要充實；
生命不能灰暗無光，一定要有美麗的色彩！

托瑪斯曼的小說《魔山》中，曾描寫一段肺病療養院裡的景象。托瑪斯曼的妻子因肺結核而住進療養院，在那兒，他發現，有些病情嚴重的垂死老人，痛苦極深，所以醫護人員會多花些時間加以重視；但有些來自高尚富裕家庭的病人，「病情輕微、痛苦不多」，醫護人員就較少關懷。

此時，這些病情不很嚴重的病患，為了獲得醫護人員的重視與關愛，就特別「誇張病情、自矜悲苦」，大聲呻吟、猛力捶胸、不斷咳嗽，以表示自己「非常痛苦」。

生命，有時是痛苦的，但，人不能時常「自矜悲苦」，而愁眉苦臉、怨天尤人。

人必須學習——即使生命遭到打擊，痛苦萬分，但掙扎過後，還是必須「勉強自己笑」。因為，自矜悲苦、逃避現實，是於事無補的；只有「停止抱怨、打起精神、創造命運」，才是最重要的！

有個家住山上的農村子弟說，他老爸常講——**「山啊，就是不能讓它荒！」的確，山，不能讓它廢棄、荒蕪；人，也是一樣，咱們的心靈，也決不能讓它荒蕪呀！**

我們不能讓自己的心「荒蕪」，也不能「被命運擊倒」，我們都要勇敢、微笑地面對命運，因為——

「刀不磨不利，人不學不義！」

「口袋可以空空，但生命一定要充實！」

「我們的生命，不能灰暗無光，我們都要使生命，更富美麗的色彩！」

每個困難，都是一個機會！

雖然不能每天都有「全壘打」，但一定要「天天有安打」！

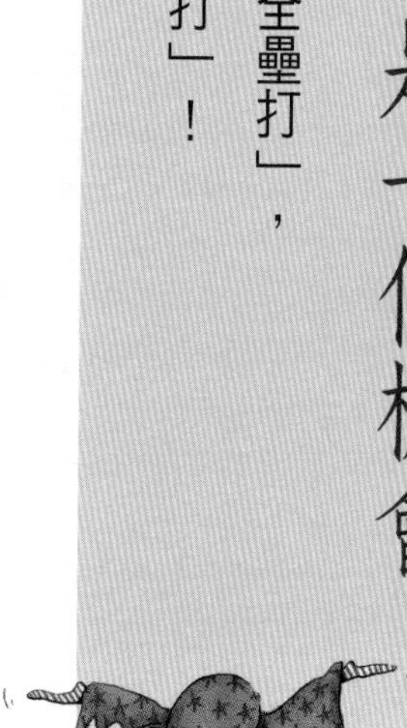

或許我們不喜歡「馬克思」這個人，甚至對「馬克思主義」十分排斥，但不可諱言的，馬克思卻是影響全世界的大思想家之一。

馬克思的一生，幾乎是個「叫太陽起床的人」。每天一大早，圖書館的門一開，他就進去埋頭念書，直到晚上圖書館關門，才被管理員趕出來。馬克思把圖書館當自己的書庫，讀盡各家學說，但他自己卻是窮苦潦倒，甚至在女兒死掉時，還買不起棺材，沒錢為女兒下葬。

然而馬克思天天苦讀，他「夙夜匪懈、從不懈怠」的精神，使其思想名留青史。

有人說：**「人的成功，不是靠能力，而是靠毅力！」**

的確，每個人若習慣窩於「舒適圈」，就會變得安逸懶散；所以，每個人都要做一些「自我突破的事」。我們絕不能在遭遇到困難時，安慰自己——「今天不做，反正還有明天、後天」。其實，「每個困難，都是一個機會」，只要我們今天克服它，以後都將使我們引以為豪。

所以，人的潛力都是靠逆境激發出來的！

我們不能允許自己「屈於慣性」，而一直住在「舒適圈、輕鬆圈」裡；我們只要「採取主動」，命運就可以改變啊！

因此，我們不妨告訴自己——「雖然我不能每天都擊出『全壘打』，但我一定要『天天有安打』！」讓我們學習，每天都要「突破舒適圈」，因為，即使面對的工作「堆積如山」，但這也是我們「入寶山、挖寶藏」的機會啊！

每個人都要做一些「自我突破」的事情！

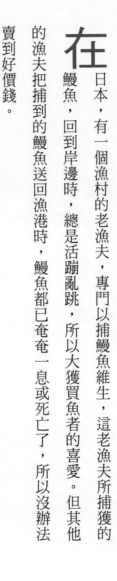

可敬的對手，讓人武裝精神！

與其默默地接受失敗，不如積極尋找突破、轉進的機會。

在日本，有一個漁村的老漁夫，專門以捕鰻魚維生，這老漁夫所捕獲的鰻魚，回到岸邊時，總是活蹦亂跳，所以大獲買魚者的喜愛。但其他的漁夫把捕到的鰻魚送回漁港時，鰻魚都已奄奄一息或死亡了，所以沒辦法賣到好價錢。

到底怎麼樣才能保持鰻魚充滿活力、不致死亡呢？好多人都想知道這老漁夫的祕訣到底是什麼？原來，當這老漁夫在捕獲大批的鰻魚後，就會在鰻魚群中，放進幾隻鰻魚的天敵——狗魚。鰻魚天生很怕看到狗魚，當鰻魚驚見狗魚時，全副精神就武裝了起來，垂死的生命，也就奮力地不停亂竄，來捍衛自己！

其實，一個人也是一樣，如果沒有了「可敬的對手」，人的一生可能極度平凡、了無生氣、平淡度日。每個人都要有「學習的對象」，甚至把他當成「可敬的對手」，追上他、趕上他、超越他！

所以，「天天超越自己」，是我們一生中必修的功課！

餐飲業知名人士嚴長壽先生說，當他在美國通運公司當小弟時，都自願在午間休息時間接電話值班；其他人都很怕接到老外的電話，可是，他卻把接到老外電話，當成學習英語的機會。

嚴長壽認為，他拿薪水，還有機會可以練習英語多好啊！所以，他放棄休息，不斷學習，果然沒幾年，他的學習成果比別人多，績效比別人好，自然就被拔擢成為外商公司的總經理。而現在，嚴長壽先生已經成為旅館業界，最知名的專業經理人。

有人說：「成功的人，總是創造機會，好上加好；
失敗的人，總是恐懼退卻，拒絕嘗試。」

其實，每個人都可以為自己「創造機會」，進而「逆轉情勢」！因為，與其默默地接受失敗，不如積極找尋「突破、轉進」的機會。

人，只要誠懇、謙虛地開口，就一定會有機會；哪怕是只有「百分之一」的機會，也可能為自己「扭轉命運、反敗為勝」啊！

激勵佳言

- 要一心一意，勇敢對付自己的懦弱。
- 這一生，要做出「最棒的自我」喔！
- 堅定信念、不畏噓聲，含淚向前邁進！

要用「高標準」來自我要求

人若不能「自我肯定、自我嚴律」，就像得到性格的「骨質疏鬆症」啊！

前些時，有幾所高中的二十多名學生，集體向教育部陳情，要求徹底「解除髮禁」，讓他們「管理自己的頭髮」；也就是，他們想怎麼留頭髮、要留多長，由自己決定，師長不要管。而建國中學校長說，建中沒有髮禁，但訂有「學生服裝儀容規範」，這個規範，是為了「讓高中生看起來像高中生」。

當然，高中生頭髮該留多長，是可以討論的，不過，「規範」兩字，在現今社會中，卻似乎是較少被重視、被提及。真的，每個人、每個行業，都必須有「規範」、有「自律」，要做什麼像什麼。當醫生的，不能見死不救；賣鮮乳的，不能出售過期發臭的牛奶，這就是一種「規範」和「職業道德」。

而高中生需不需要一些「規範」呢？讓「高中生看起來像個高中生」的小規範，好像也是應該有的小自律；否則規範蕩然、諸法皆空，每個行業、每個學生都「自由自在」，愛怎麼樣就怎麼樣，這難道是件好事嗎？

「自我要求、自我規範」是一個人，乃至一個企業最重要的事。我們絕不能用「低標準」來敷衍自己，而是要用「高標準」來檢視自己！人若不能「自我肯定、自我嚴律」，只求馬馬虎虎、隨便過關就好，那麼，人就會得到性格的「骨質疏鬆症」呀！

一家公司，若也得了「骨質疏鬆症」，員工紀律散漫、沒有品管、售後服務不佳，怎麼可能會有好業績？搞不好，公司的骨骼已經開始鈣化、老化，再也撐不久嘍！

所以，人要「有骨氣、有傲氣」，要做就要做最好的——做出最佳品質、做出光可鑑人的驕傲成績！

真的，人都必須提高內在的「高貴性」（nobility），用「高標準」來自我期許、自我要求，不能隨隨便便、得過且過；而且，就算為客戶服務，也都要做到「高標準」！因為，工作要做，就要做得「高品質、高格調」、做得「漂漂亮亮、光可鑑人」，讓人稱讚得沒話說呀！

激勵佳言

- 停止抱怨、努力實踐，貴人就會出現，理想就會實現。
- 不沮喪，活力自然來；不氣餒，勇氣跟著來！
- 高標準的自我要求，潛藏著成功的力量。

強勁對手催逼，才能進步！

人生求勝的祕訣，只有失敗過的人才能瞭若指掌。

佛經中有個故事：有一師父和弟子，在深山中看到一隻狐狸正追著一隻兔子。

小和尚對師父說：「我猜，兔子一定會被追上。」

「不會，狐狸追不上兔子。」師父肯定地說。

「為什麼？」小和尚問師父：「狐狸跑得比兔子快啊，兔子一跳一跳的，怎麼會跑得過狐狸呢？」

此時，師父告訴小和尚：「你不曉得啊，那狐狸追的，只不過是『一頓飯』，可是那兔子，逃的卻是『一條命』啊！」

凶狠的對手步步逼近，我怎能束手被打、豈能不奮力反擊？

的確，在「強勁、可怕對手」的催逼下，咱們一定可以激發出「無窮潛力」。

一個一百公尺賽跑好手，若無強勁對手一起比賽，他可能只跑出「十秒二」的成績；但如果有飛毛腿高手一起競逐，則可能跑出「九秒九」的最佳成績！

我也相信，叫我跑一百公尺，我的成績可能是「十六、七秒」，但如果有一隻凶狠的大狼狗在後面追，則我應該可以進步到「十四秒」！哈！

「強勁對手的催逼」，常是我們進步、成長的最大契機！

所以孟子曾說：「無敵國外患者，國恆亡。」人必須戰戰兢兢，從對手那兒學習到「致勝的技巧」；否則，凶殘的大狼狗齜牙咧嘴地追過來、凶狠的對手處心積慮地想打擊我們，我們能不奮勇反擊嗎？我們豈能「束手就咬」？

英國文學家柯林斯說：「人生求勝的祕訣，只有那些失敗過的人才瞭若指掌。」

而俄國作家契柯夫也說：「人的眼睛，在失敗的時候，才會睜開來。」

所以，一個強勁的對手，可能是讓我們「睜開眼睛」的重要關鍵，也是使我們邁向成功的「啟蒙恩師」啊！

激勵佳言

- 人生路，自己走；不計較，常歡笑！
- 要堅持實踐夢想，為自己贏得人生「金牌」！
- 「沒有目標、沒有對手；沒人督促、沒人鞭策」——這是可悲的。所以，人必須懂得自律、自我鞭策！

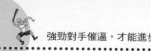

不怕才不夠，只怕志不立！

人，最怕喪志，而不是別人歧視；
要終身學習，永保旺盛的企圖心！

您常看到「粉紅色轎車」嗎？大概不多，因為很少人會選擇女性化的粉紅車色。不過，馬路上偶爾也會看到一些粉紅色的轎車，那大概就是「玫琳凱化妝品」的行銷人員。

「玫琳凱化妝品公司」的創辦人玫琳凱女士，已在美國過世，享年八十三歲。從小玫琳凱生長在休士頓的貧窮家庭，她常夢想長大後成為一名醫生。在念初中時，玫琳凱口才極佳，曾獲得德州演講比賽第二名；高中時，也以第一名成績畢業。可是，她家境貧窮，使她無法進入大學讀書。

玫琳凱女士十七歲結婚生子，也當過工廠業務員；她在丈夫過世後，不顧旁人的反對，將她一輩子存下的「五千美元」拿去創業，努力推展她的化妝品事業。

創業之初，玫琳凱旗下只有幾名美容顧問，可是，後來玫琳凱公司的美容顧問，已擴展到全球三十七國，人數多達八十五萬人，全球營收已超越二十四億美元（約台幣八百四十億元）。而當每位美容顧問業績達到高標準時，就可獲得公司贈送的「粉紅色轎車」，作為激勵的獎品和榮耀。

曾有人問過玫琳凱女士：「妳是怎麼成功的？」玫琳凱的答案是——「我已經是中年人了，腿上還長有靜脈瘤，我沒有時間可以浪費！」

的確，人生的時間不長，我們每個人都沒有什麼時間可以浪費。當我回想，從國立藝專廣電科畢業，到現在的我，二十多年已經過去了！還好，自己給自己的壓力不小，「自律性」也還算不錯，所以才能兩度出國留學，後來也當了電視記者、大學系主任。

同時，自從改行「專職寫作」之後，也按照自己的計畫出書、演講，或出國旅行。我相信，我的年齡是逐漸衰老了，可是，「我的心，要依舊年輕！」我一定要繼續寫出我的生命。

其實，**「人，最怕喪志，而不是別人歧視！」**我們的生命沒有時間浪費，我們也絕對不能懷憂喪志；我們不管年齡幾歲，都要繼續勇敢向前。

所以，我常在想，我以後會退休嗎？有人五十歲退休了，有人六十歲退休了，但，也有人七十歲、八十歲依然在職場上、在工作崗位上不停地動腦、衝刺；因為，他們是沒有退休年紀的，他們一生都在為自己喜歡的工作，積極挑戰、奮鬥不懈啊！

也因此，我也希望，自己鍥而不捨、永不退休，讓自己——「終身學習、永不放棄，也永保旺盛的企圖心！」

因為，「人不怕才不夠，只怕志不立啊！」只要肯立志、有鬥志，有堅強的行動意志力，就一定能創造出漂亮的生命佳績啊！

做法，比想法更重要！

人，常常想得容易，卻做不到，
因為，我們的「自我控制力」顯然不夠啊！

有時，我覺得自己的「嘴巴很貪吃」，所以就有「貪吃的驅力」，明明肚子不餓，但看到好吃的東西時，就想吃、想塞進嘴巴，來滿足「口腹之慾」，所以就愈來愈胖！

有人說：「做法，比想法重要！」的確，我們明明知道「不能貪吃、要多運動」，但人往往「想得容易」，卻做不到；因為，我們的「自我控制力」顯然不夠啊！

有一個三十多歲的朋友，最近減肥七、八公斤，我問他為何有此毅力？他說：「我要活命啊！我不想肥胖、生病，一直吃藥吃到掛掉呀！」

好吃、懶動的驅力，常戰勝人的意志力！

佛洛依德的心理學理論中提到——人類行為的動機，都是由「生的驅力」與「死的驅力」在爭鬥。當然，這種抽象的概念，聽起來好像很言不及義，但，簡言之，「生的驅力」就是讓自己要奮鬥，要過更好的生活，不要餓死；而「死的驅力」，卻是放縱自己、不做事、沒錢賺、沒東西吃，就會病死、餓死。

的確，「生的驅力」是比較艱苦的，必須克服自己「好吃懶動」的慾望；而「死的驅力」則是比較輕鬆的，吃喝玩樂、放縱情慾，一點都不費力啊！

所以，一天，我看到兩個肥胖的阿兵哥走在馬路上，我告訴內人：「妳看，他們那麼肥，連自己的肥肉都沒有辦法對付了，怎麼對付敵人？」沒想到我太太說：**「那你就不懂了，割敵人的肉容易、割自己的肉很難啊！」**

呵，我愣了一下，的確，要「割自己身上的肥肉」，真的很難啊！

有人說：「我很忙，我沒時間運動！」也有人說：「菸癮來，我就不由自主啊！」

可是，我想，連「菸都戒不了」、連「食慾都無法控制」，還能成就什麼大事？所以，一個人如果「貪」的慾望，今天就想實現；而「戒」的決心，一切等明天再說吧，唉，真是成功遠矣！我……我是在說我自己啦！

來，我們一起加油、一起減肥吧！

激勵佳言

- 人可以有缺點，但不能沒有成就。
- 「光說不練、凡事延遲、不知實踐」，常是我們失敗的主因啊！

人的理想，須靠意志力完成！

毅然決然、劍及履及的「行動派」，才不會只是空中閣樓、紙上談兵啊！

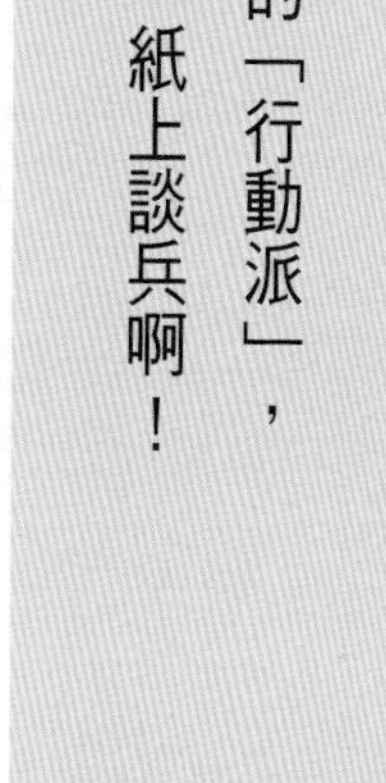

有一句話說：「當你喜歡上一件事物，那件事物就可能會變成束縛你、使你煩惱的因素。」

想想也是，一個人若喜歡上買彩券，他就可能每天廢寢忘食，不斷花錢下注，天天都作發財夢；結果，也許天不從人願，老是槓龜！假如迷上「網咖」，則每天花錢泡在網咖裡，上網聊天或打電動玩具，結果，成績大退步！假如愛漂亮，則每天嫌自己不夠美麗，就花錢整容、隆鼻、割眼、隆乳、買漂亮衣服……。假如喜歡上吃雞塊、薯條、可樂，則就會愈來愈肥胖！

其實，人的理想，必須靠著「意志力」來完成！

若空有理想，而沒有「意志力」、沒有「行動力」，則理想就會變成「空想或幻想」。減肥，是許多人的「理想或夢想」，但一定要靠「意志力」和「行動力」來實踐！

減肥，絕對是痛苦的，它需要少吃、持續多運動，但是，「有辛苦的地方，就一定會有快樂！」沒有辛苦的耕耘，哪會有歡樂的收割？

所以，要尋求健康，就不能偷懶；要尋求減肥，就不能偷懶；要尋求成功，更不能偷懶！

也因此，英國女詩人勃朗寧勉勵世人——「要用今天點亮明天。」（Light tomorrow with today.）一個努力打造今天的人，才有資格享受美好的明天啊！

有些事，我們原本是可以做得到的，只是我們不用心、不積極、不盡力

人要用「高標準」來要求自己，別讓自己紀律散漫！

去做，以致事情沒做好，也沒做成！就像「減肥」、「升學考試」、「突破業績」……不都是需要「有心、用心、決心、專心」嗎？

台灣諺語說：「無行，袂出名。」（不行動，就不會有好名聲、好成績！）

的確，毅然決然地「起而行」、劍及履及的「行動派」，才不會只是空中樓閣、紙上談兵啊！

激勵佳言

- 實踐，像一把鑰匙，可以開啟成功的大門。
- 跨出去的腳步，大小不重要，重要的是方向！
- 只要你知道往哪裡去，這個世界，一定為你讓出一條路來！
- 人，沒有笨的，只有懶的。

遭受苦難，人的靈魂才會長進

人的潛能是無窮的、是超乎想像的，只是都「沒有被激發出來」而已！

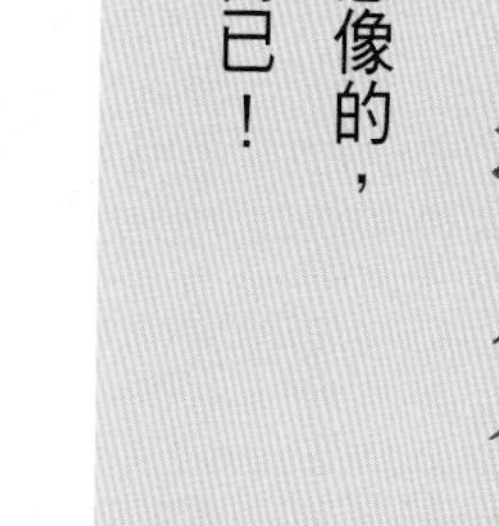

前些年報載，美國有一年輕的母親，因殘障不良於行，所以必須以輪椅代步。一天，她十七個月大、剛學會走路的女兒在玩耍時，不小心掉入游泳池裡；這年輕母親一看，未經片刻思考，立即快速地「連人帶輪椅」衝進游泳池。

這殘障母親不會游泳，全身穿著衣服在游泳池中不斷地奮力掙扎、找尋女兒；雖然她嗆喝了好幾口池水，也頭暈目眩，但她仍獨自一人把女兒救起，並且全身濕透、虛脫地爬上池畔，為女兒做人工呼吸，而救活女兒。

事後，當警方請這殘障媽媽描述，是怎樣從游泳池救起女兒時，她竟答不出來，只說當時她腦海中一片空白，唯一的信念，就是——「一定要把女兒救起來！」

日本《朝日新聞》也曾報導，一媽媽趁三歲幼兒睡覺時出門買東西；回家時，在巷口與鄰居聊天。而家中幼兒醒來，不停地哭喊找媽媽，媽媽一看嚇呆了；這時，幼兒一不小心從五樓陽台上墜落，就在一剎那之間，媽媽拚命飛快地衝了過去，竟戲劇化地接住急速往下墜的兒子。

人的潛能是無窮的，是超乎我們想像的，只是都「沒有被激發出來」而已！

在北伐時期，革命軍和軍閥吳佩孚的部隊交戰；然而，一向擁有「不怕死」美名的吳佩孚部隊，卻連連吃敗仗、兵敗如山倒。事後有人問吳佩孚：「你的部隊不是都『不怕死』嗎？怎麼還是打敗仗？」

吳佩孚說：「我的士兵是『不怕死』沒錯，但是革命軍卻是『不知死』

啊！」

殘障的母親，為了救女兒，她不知死，可以「連人帶輪椅」衝進游泳池；瘦弱的媽媽，為了救墜樓的幼兒，她不知死、奮不顧身的「衝刺爆發力」，就能勝過訓練有素的選手！

我們都知道，鳥在空中飛，必須勝過空氣的「壓力和阻力」，才飛得起來；飛機也是一樣，如果沒有空氣的阻力和壓力，飛機就會掉下來。

「苦難」對我們而言，也是一樣，只有苦難、遭受壓力，人的靈魂才會長進，人的潛能也才會被激發出來。

激勵佳言

- 「踩著卑微、跳躍成功」的人，令人欽佩不已！
- 成功，常出自有膽識、有行動的人，很少歸於怕後果、心膽小的人。

Part.5

人生充滿希望，勇敢做就對了！

想快樂的人，沒有不快樂的！

「凶」與「吉」，只是一念之間的心態；
我們都是吉人，別將自己歸於「凶類」啊！

日本名女作家三浦綾子，因為住家附近的工廠正在進行工程整修，日夜趕工，噪音不斷，搞得她一夜無法入眠。隔天清晨，三浦綾子醒來，心情很不好，就向先生埋怨說：「真可惡，搞什麼工程嘛，這麼吵，害得我一整晚都睡不著！」

三浦的先生聽了之後，笑笑地說：「綾子，妳應該為此事感謝上帝。」「什麼？我被吵得睡不著覺，我還要感謝上帝？為什麼？」「因為……」三浦先生不慌不忙地說：「妳能聽到隔壁的噪音，證明妳的聽覺很好，不像那些聾子，外面再怎麼吵，他們想聽也聽不見！」

人在陷入不順或逆境時，較少能發出「感恩的聲音」，因人在受挫時，常常自怨自艾、自憐苦嘆！事實上，若我們參加馬拉松比賽，抵達終點時，可能會落後在很多人後面；但是，當我們回頭一看，後面竟然「還有一大堆人」，還有許多人跑得比我們更慢！所以，一時的挫折，算得了什麼？比我們不順的人還很多呢！我們都要有「看得開的生命力」啊！

想想我們所擁有的，「凡事感恩、凡事感謝」；即使有挫敗，但若能用「幽默、苦笑、豁達的心」來看待，則世界之地，處處是美地；日夜運行，日日是好日呀！

有一個媽媽說，他們家因經商失敗，家裡經濟頓時陷入困境。一天，念幼稚園的女兒問她說：「媽，我們算不算是『窮苦人家』？」媽媽說：「應該算是吧！」

此時，女兒開口說：**「可是，我們只是『窮』，並不『苦』啊！」**

的確，窮的人，不一定苦！
豁達、開朗、存心想快樂的人，沒有不快樂的！
所以，我心如水，可方可圓、可進可退、可苦可樂！
「凶」與「吉」，只是一念之間的心態而已；我們都是「吉人」，切勿將自己歸於「凶類」呀！

激勵佳言

- 只要心中有善念、美意和正面向上的動力，即使在黑暗中，也能看見美好的事物。
- 錯誤的贏，只贏得口舌之快，有時也是一大傷害！
- 創新就是財富，別讓自己窮苦一輩子！

常生氣的人，比較難成功

一個動不動就發怒的人，表示幼稚得「還無法駕馭自己的情緒」。

有個兒子在睡不著覺時，問父親說：「有沒有什麼書很恐怖、很可怕？」

父親說：「有、有、有，有一本書看起來很可怕，但你最好不要看，看了以後你就會後悔！」

「真的啊？是什麼書？」兒子好奇地問。

「結婚證書。」父親說。

這雖是個玩笑，但在生活中，有些錯誤已是「既成的事實」時，就必須

勇敢面對、勇敢承擔；歇斯底里地「亂發脾氣」，不僅使別人遭殃，受害最大的更是自己。

事實上，一個人的「情緒」和「心境」，會影響自己的未來！一個「動不動就發怒」的人，表示幼稚得「還無法駕馭自己的情緒」。人在憤怒時，必須克制情緒，「不慌不亂、有條不紊」地理出一條路來；因為，正如蘇洵所說：「**一忍可以支百勇，一靜可以制百動。**」

「情緒」是可以學習的。假如我們天天用心經營自己、學習掌握自己情緒，有一天，一定會有令人驚喜的「自我新發現」——我的火氣變小了、我不輕易動怒了、我的修養進步了；而且，長官可能也會因此說：「你已經展現從事較高職位的能力，可以升遷了！」

清朝陳確在〈治怒〉中說：「**凡事遇有可怒，切莫輕發，姑忍著。小者忍一二時，大者忍一二日，其氣自平。**」

「這本書很恐怖，書名叫結婚證書！」

當我們被人激怒時，不要把「衝動、生氣、憤怒」，視為理所當然，或自我合理化說：「我的個性就是這樣嘛！」因為，一個脾氣「暴起又暴落」、「喜怒無常」，或「容易被激怒」的人，是較難成功的！

激勵佳言

- 「憤怒，是片刻的瘋狂」，我們不能不防。
- 不要急著說、不要搶著說，而是要想著說。
- 驕傲之後是毀滅，狂妄之後是墮落。
- 常「謙卑低頭」，才不會撞到頭！

跌到谷底時，你只能往上爬！

怕滅頂，就要努力往上爬；人生充滿希望，去做就對了！

在我的網站上，常有讀者留言，談到自己在職場上的不如意。有人說，他的工作已經換了好幾個，可是都做沒多久就離開了；有人說，他失業了，賦閒在家，好想自殺，可是，很不甘心啊，一生怎能如此而已？

的確，人生不能隨隨便便、人生不能敷衍了事、人生不能如此而已！最近，我帶念小一的女兒，去看韓國「四指鋼琴天使」李喜芽的鋼琴表演。李喜芽一出生，就只有四根手指頭，雙腳也沒有膝蓋以下的部位；可是，在父母千辛萬苦的指導下，喜芽以驚人的毅力和努力，用四指彈奏出美妙的琴韻，而成為韓國知名的「四指鋼琴家」。

想想，假如我們的左右手各只有兩根手指頭，該怎麼辦？假如我們沒有雙腳膝蓋以下的部位，該怎麼辦？然而，李喜芽擺脫眾人的異樣眼光，勇敢走出自己，也用樂觀開朗的態度，來面對殘缺的人生。如今，她也上了大學，甚至到了歐洲，與知名的交響樂團，一起同台表演。

事實上，「**當一個人跌到谷底時，你只能往上、不能往下！**」真的，在谷底當中，已經沒有退路了，除非往上爬，否則真是沒有出路啊！

以前，我探訪過花蓮「無臂蛙王」蔡耀星。耀星因工作時誤觸高壓電，雙手截肢，而成為「無臂人」，那真是晴天霹靂啊！可是，耀星即使痛苦，「生命還是要活下去啊！」

後來，耀星學習自己用腳看書、洗頭、洗澡、穿衣、寫字、拿電話、洗米、煮菜、切肉，也用腳來開車門、打電腦……。耀星說，他除了不能「用腳挖鼻孔」之外，其他事，他都盡可能自己獨立完成。所以，耀星說：「**我**

不是廢人、也不是白癡，我是一個有用的人！」「我相信，我流多少汗、走多少路，老天爺都在看、都在算，祂絕不會辜負我的！」

在台灣區運動會上，蔡耀星曾多次拿到蛙式、仰式等多項金牌，早有「無臂蛙王」的封號；同時，他也榮獲「炬光十大傑出青年」的殊榮！

其實，「**人生充滿希望，去做就對了！**」

我們四肢健全、智力正常的人，哪有資格自艾自憐、哪有資格談自殺？別人「用腳改寫人生、游出生命金牌」；別人「只有四根手指頭，用毅力和堅持，彈奏出人生美麗樂章」，我們哪能哀聲嘆息、自尋短路？

因此，「**怕滅頂，就要努力往上爬！**」

人在谷底時，就要告訴自己——「最壞，也只不過如此，我要發憤圖強、愈挫愈勇，因為，天無絕人之路啊！」

所以，我們每天「愁眉苦臉是一天，信心洋溢也是一天」，我們不如快快樂樂、信心十足、勇氣百倍地過每一天！

生氣時，千萬不要出手！

人一衝動，可能釀成無法彌補的傷害；
人一憤怒，也可能造成終身無法挽回的遺憾！

有一所私立高工夜校一年級學生，騎機車至一家機車行欲修理機車；當車店老闆修好後，索價三千元，可是，該學生認為修個車就要三千元？這簡直是「坑人」嘛，就與老闆大吵起來！

後來，老闆從抽屜拿出西瓜刀砍學生，學生左手肘幾乎被砍斷，痛得倒在地上；此時，學生忽然看到地上有一把鋸子，就撿起來「瘋狂還擊」，也砍了老闆無數刀，最後老闆傷重不治，倒在血泊中死了！後來，學生雖然傷痕累累、血跡斑斑，卻被警方依殺人罪嫌，移送少年法庭偵辦。

有時，人很容易「衝動、憤怒」，或是「暴跳如雷」；可是，這些負面情緒對我們而言，卻極具「殺傷力」與「破壞力」！

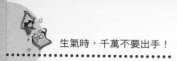

人一衝動，可能釀成無法彌補的傷害；

人一憤怒，也可能造成終身無法挽回的遺憾！

事實上，衝動、憤怒，是一種「選擇」，也是一種「習慣」。

當我們面對「挫折、被侵犯、或不合理對待」時，可以有不同的選擇；有人選擇了「衝動、憤怒」，有人卻選擇了「和緩、冷卻」。如果我們暴跳如雷、大打出手，很可能因失去理智而「失控」，最後造成令自己「悔恨不已」的局面。

所以，電影《蒙面俠蘇洛》中有一段劇情——年老的蘇洛嚴格地訓練徒弟武功，一稍有偏差，就用皮鞭糾正。年輕氣盛的徒弟沒有多久就被激怒了，火冒三丈地衝向蘇洛，出手想揍他；可是，老蘇洛用手輕輕擋住徒弟，

一時的衝動，常釀成無法彌補的傷害！

淡淡地說一句：「記得，生氣時千萬不要出手！」

是的，「生氣時，千萬不要出手！」

「生氣時，也絕不要立刻做決定！」

當我們被激怒時，一定要學習「延緩發怒」，試著讓憤怒「冷卻下來」！因為，怒火上升的「最初十秒、二十秒鐘」是最重要的關鍵，一旦我們「忍住了」，怒氣就可以消弭了！

激勵佳言

- 脫口而出的話，常具極大的殺傷力！
- 世界上沒有「不好的事物」，只有「不好的眼睛和嘴巴」。
- 惡劣的情緒必須及時煞車，否則會像「癌細胞」一樣，快速擴散全身。

想出類拔萃，誰也阻擋不了！

心中有個大目標，千斤重擔我敢挑；
心中沒有大目標，一根稻草折彎腰！

一隻小烏龜在爬了一大段路之後，得意地嘲笑蝸牛說：「哈，哈，你這隻笨蝸牛，竟然走得這麼慢，你看，我在中午時老早就已經到達終點了！」

這時，蝸牛笑笑地說：「是啦，你是爬得比我快啦，可是，你可以回頭看看我們今天走過的路，你雖然爬得比我快，卻什麼也沒有留下；我呢，我就不一樣了，凡是我走過的地方，都有留下痕跡，而且在黃昏夕陽的照射下，閃閃發亮！」

我們大部分的人，都不是天才，不太可能一夕成功、一夕成名；我們就像一隻慢慢走、慢慢爬的蝸牛，雖然遭遇挫折，我們仍須堅持信念，不斷向命運挑戰！所以——

「要活成什麼樣的人，自己必須負責！」

「要想出類拔萃，誰也阻擋不了你！」

因此，**人縱使有悲慟，但都必須為自己「找尋出路——在孤獨中等待希望」；也要替自己「轉移痛苦——從書籍中找到力量」**！因為，人生就如同一齣大戲，有許多的佈景要不停地更換；現在，我們所經歷的，只是其中的一幕而已，明天、後天依然有花、有草、有藍天、有白雲、有陽光……

我喜歡一句話：

「心中有個大目標，千斤重擔我敢挑；

心中沒有大目標，一根稻草折彎腰！」

不放棄的意志與信念，是我們邁向成功的偉大動力啊！所以，激勵大師金克拉先生說：**「百分之九十的困難，不是外在的環境，也不在別人身上，真正的困難是在於自己的腦海裡。」**

一個有強韌生命力的人，只要一心一意想出類拔萃、想活得閃閃發光，那麼，任憑誰，都阻擋不了！

激勵佳言

- 放棄，只要一句話；成功，卻需要一輩子的堅持。
- 成功不是靠「夢想」，而是靠「實踐」。
- 痛過，才能成長；沒有苦難，人的靈魂就不會長進。
- 一個人只要有心，就沒有任何事情可以阻撓他！

找到自己存在的力量

每個人都要活出自我，活出一個有意義、又快樂的自我！

有個家住在板橋的曾姓工專學生，騎機車未戴安全帽，被警察攔下時，不服警員取締，甚至用粗話辱罵警察，也扯破員警的衣服；當他被帶回警察局時，仍不斷對員警破口大罵，態度極為惡劣。

這學生的母親獲得消息，立刻趕到警察局；母親了解事件經過後，狠狠地「賞給兒子五、六個巴掌」，並交代員警「按規定處罰兒子」！此時，曾姓學生才俯首認錯、嚎啕大哭，請求原諒！

很多年輕人，身體強健、四肢健全，但「不知自己在做什麼」？

記得以前我有個老師說，他常自問一句話——「**我正在做什麼？**」

的確，人必須懂得自己的方向，知道「自己在做什麼」？知道「自己存在的力量是什麼」？史懷哲醫師，他存在的力量，是醫治非洲的病人；德雷莎修女，她存在的力量，是照顧貧苦無依的印度窮人；而台灣盲人馬拉松選手張文彥，他雖然雙眼全盲，但，他仍不斷地挑戰自己——「為全世界公益而跑」、「到各校演講，呼籲學生愛惜視力、懂得健身、關心殘胞」……

其實，我們都要「找到自己存在的力量」，激發自己的潛力，並「依自己的能力，做最感興趣的事」，而不斷地追尋、認真地生活。

光陰，不斷地流逝，我們必須更懂得「感恩」和「珍惜生命」。如果我們一生毫無成就、虛度光陰，就像「揮霍黃金、未買一物」一樣地可惜呀！

所以，讓我們告訴自己：

我要，對昨日感到快樂，對明天深具信心！

我要，活出自我——一個有意義、又快樂的自我！

成功這件事，我就是老闆！

挫折，是上帝賜給人們的最好禮物；
失敗，也是我們最好的老師！

看著報上刊登建國中學游姓學生跳樓自殺的新聞，心中真是感慨，想著十五歲的年輕生命，就如此結束，多麼可惜啊！同時，也慶幸自己不是「資優生」，沒有念什麼名校，所以就沒有那麼大的壓力。

記得，我在念台中衛道中學時，我的成績很差，畢業時，「英文」和「數學」都不及格，物理、化學、生物、歷史、地理也都不好。可是，那有什麼關係？功課不好，不表示我們一輩子都過得不好啊！

上了藝專廣電科，我不必再念什麼數學、物理、化學，不過，「廣播英語」還是不好，也曾被老師「當掉」。可是，當時我「天天念讀報紙」、

「天天寫日記」，持之以恆、未曾中斷。萬萬沒想到，如今，我竟靠著「寫作」來維生，也靠著「演講」來與朋友結緣。

真的，英文、數學、物理、化學、歷史、地理……課業的成績沒有那麼重要，成績不好，更不必去自殺！想想，以前我歷史、地理不好，可是現在的我，常有機會到北京、西安、甚至奧地利、瑞士、埃及、印度、越南、北韓、日本……去看歷史古蹟、環遊各處勝地。每次出國，不管是去富裕國家，還是去貧窮、落後、髒亂的國家，我都好興奮和期待，畢竟我們的生命，可以因著自己的努力，而去擴展視野、環遊世界！

也因此，**「只要有勇氣，不怕沒戰場！**

只要有勇氣，就會有榮耀！」

我看著建中游姓學生所留下的遺書，字跡好清秀、漂亮；可是在遺書的最後，他寫道：「請幫我把球拍送給柏瑋，希望走後將我火葬，弟弟瑋傑不准哭，哥哥要去一個遠的地方，可能很久都不會回來，以後你要自己起床，

有挫折，才會進步！摔倒幾次，才會學會騎車！

要聽爸爸媽媽的話，知道嗎？」

看到這裡，真是令人鼻酸。年輕，想打球，就拿著球拍快樂地去打球吧，去歡笑吧！不要去斤斤計較學業成績了，也不必要求自己一定要去補習了！人，活得快樂、自在，最重要！父母也不要逼小孩一定要念什麼名校了，因為，不念名校的小孩，將來也會很有成就呀！

真的，不念名校、不念好系，絕不是「世界末日」！我兩次聯考落敗、只念專校，也考了八次托福才出國。但，我感謝上帝賜給我如此的「挫敗經驗」，因為，**「挫折，是上帝賜給人們的最好禮物」！而且，「失敗，也是我們最好的老師」，只要我們記取失敗的教訓，專注定睛地往目標前進，那麼——「只要專一，就能拿第一」呀！**

所以，我喜歡一句話——**「成功這件事，我就是老闆！」**的確，我們每個人，都要做自己成功生命的老闆！

活用與實踐，才是真正的學習

我們都一定聽過上百則的笑話，可是，卻常不太會講笑話……

有一政治人物的夫人說，她和先生結婚三十多年來，彼此十分恩愛、沒吵過麼架，因為以前長輩就跟她說——情侶的「侶」字，就是有兩個人，各有一張「口」，但是這兩個口不能一樣大，必須是「一大口、一小口」；而且，兩個口之間，還有一條線連接起來，就是要做好良好的溝通。

哇，說得真好啊！情侶、夫妻在一起，就必須互相忍讓，當一方「大口」時，另一方就必須「小口」，忍住自己的嘴巴；千萬不能兩個都是「大口」，否則大吵起來，大打出手，兩敗俱傷。

聽到這概念，我記下來，也和太太分享；在課堂上，也告訴學生。

真的，當一些話語「輸入」我們腦袋時，必須找機會「輸出」，並且加以實踐。所以我們常說「學習」這個詞，其真意是──「學」了以後，就要「溫習、練習」，要懂得「活用、實踐」，才是真正的學習啊！

如果仔細算起來，我們一定聽過上百則的笑話，可是要我們「講出來、講得好笑」，可能沒有幾則。為什麼？因為我們「輸入多」、「輸出少」；只有聽，而沒有練習！當我們看到演員精采的演出時，別忘了，他們是經過多少次的「輸出、練習」，甚至是「出糗的NG」，才有完美的成果啊！

因此，清朝大儒顏元說：「**心中醒，口中說，紙上做，不從身上習過，皆無用也。**」

的確，真知，是必須不斷地從口中輸出，且從身上習過啊！

真的，我們都不能只有「單向思考」，或只有「輸入」，一定還要內化成自己的知識，不停地向外「輸出」，才是個聰明、有智慧的人呀！

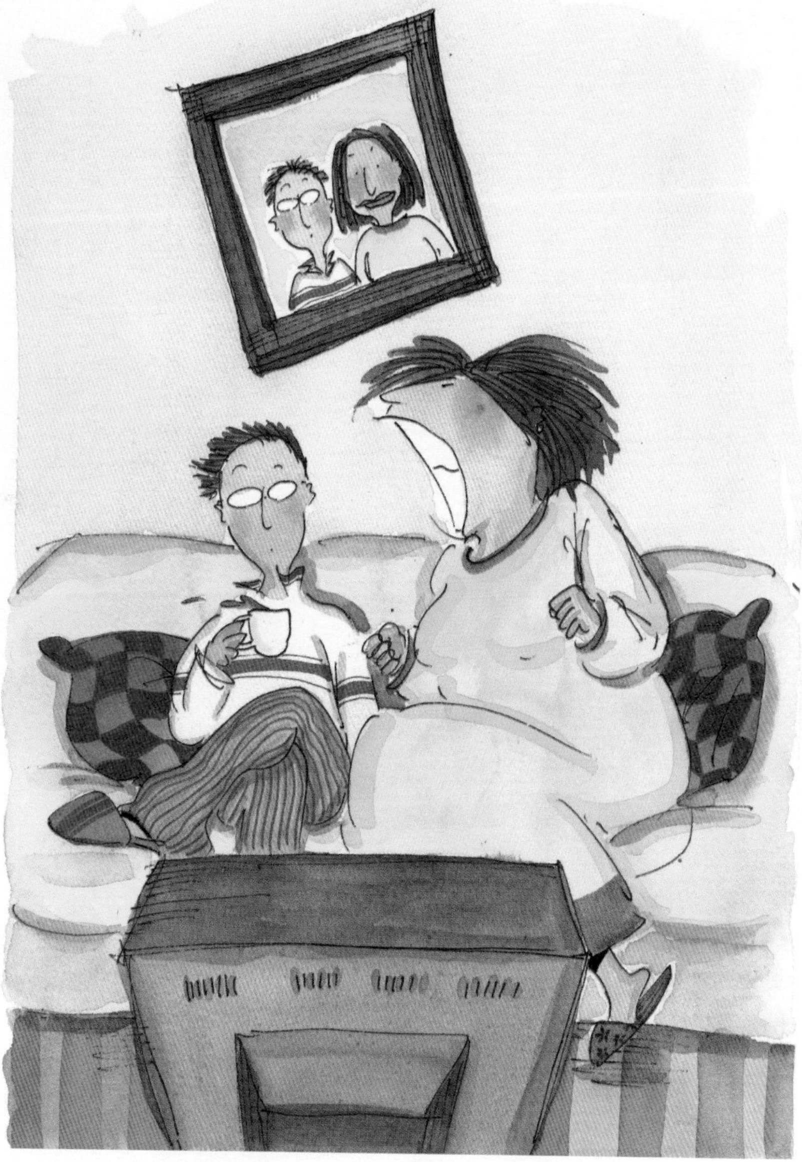

「天啊，妳這麼大口，好恐怖，我只好……小口！」

扭轉命運，做個「上等人」！

別人沒有安慰、憐憫我們的義務，
但，我們有勇敢奮起、咬牙向前的權利！

古時候，曾有一位皇帝微服出巡，到各地視察。當皇帝來到了一鄉間，覺得又熱又渴，剛好路旁有個農夫，很熱情地奉上了一杯茶水。皇帝接過茶水，一飲而下，哇，真是好甘甜的茶水哦，如飲瓊漿。

回到京城之後，皇帝立即派人到鄉間農夫家中，給農夫封了一個官銜。當然，農夫無欲無求之舉，換來一個官銜，甚是驚喜！這件事一傳十、十傳百，當地一名落第秀才得知後，心裡十分不平衡，就在土地公廟前題詞寫道：「十年寒窗苦，不如一杯茶！」

過了幾年，當皇帝再度到這鄉間出巡時，見到這詞句，也知道此事原委之後，就在這詞句後面再加上兩句——**「他才不如你，你命不如他！」**

世界上沒有什麼事是絕對公平的！我們也別奢望別人事事都會公平對待我們。您想想看，有些人一出生就是富貴命，家產數十億，出門有賓士車代步，當兵還可開積架名車上班；但有些人家中卻一貧如洗，天天悲苦度日。有人天生英俊、美麗，有人則是一張醜陋、不討人喜歡的臉！

可是，光是埋怨、計較、憤怒、不平，又有何用？氣惱人世間充斥功利、沒有公平正義、怨天尤人，又能改變什麼？

的確，有人在黑暗中等待黎明，
有人在痛苦中等待痊癒，
有人在挫折中等待機會，
但是，「我們不能在傷痛中等待安慰和憐憫啊！」

因為，當我們跌倒、挫敗時，別人沒有安慰、憐憫我們的義務，但是，我們有勇敢奮起、咬牙向前、突破逆境的權利！

如果，一個人沒有積極的態度，只有原地繞圈子，就會成為一個「三等人」——「等下班、等發薪，等退休！」然而，當個「三等人」多麼可惜啊！

我們的命或許不好，但我們可以堅持理想、突破自己、創造機會，就能「扭轉命運」，當個「上等人」啊！

激勵佳言

- 隨隨便便地浪費時間，再也不能贏回來。
- 「沒有夢想可追尋、沒有幸福可追求」，人生有何意義？
- 人人都會走路，但要走正路、走對路！

夢想，讓平凡的人不平凡！

幸福，不是長生不老、山珍海味；
幸福，是每個夢想，我們都一一達成！

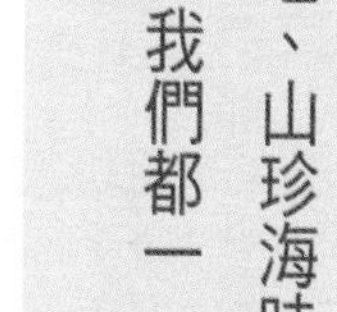

張文彥，他是國內唯一的視障馬拉松選手，他曾告訴我，一定要完成一千公里的「環島馬拉松」！

張文彥，雙眼全盲，但他有決心、有毅力，也在企業的贊助下，勇敢地向「一片漆黑」的千里馬拉松挑戰！

天哪，在完全看不見前方的情況下，要跑一千公里，是何等大的挑戰！不信的話，我們用布蒙住自己的眼睛走走看，十公尺，我們都受不了！

可是，在劉俠（杏林子）精神的感召下，也在劉俠安息週年紀念日之時，張文彥完成了「環台路跑」的壯舉；而在最後的一公里，台北市長馬英

九，以及「飛躍羚羊」紀政，陪著張文彥一起跑，也為他加油！

在天氣冷颼颼、下著毛毛雨之中，張文彥以阿甘的精神，完成他「環島馬拉松」的美夢。

古人說：「千里之行，始於足下。」要想挑戰自己，即使是一里之行，也是必須「從腳開始」；除非我們的腳開始跑、開始動，否則我們哪裡都去不了！

其實，我們每個人都可以為自己「創造命運」，也可以為自己「改寫人生的劇本」。有時我們認為，我的生命就這樣子，平凡、簡單就好！可是，每個人都可以更好、更棒、更傑出，我們為什麼不去「扭轉人生」？**只要勇敢地「找回人生的發球權」，我們都可以讓生命「扭轉奇蹟」啊！**

事實上，「挑戰的目的，不在於締造世界新紀錄。」挑戰的目的，在於不斷突破自己、挑戰自己，讓自我的生命能發光、發熱、更加璀璨！

所以，「幸福」不是長生不老、不是山珍海味，也不是大權在握；幸福是——「每個夢想，我們都逐步、踏實地一一達成。」

真的，「夢想，讓平凡的人不平凡！」

但，只有夢、只有想，是不夠的；要勇於踏出、積極實踐，人生才會不平凡！

激勵佳言

- 烏龜，只有把頭伸出時，才能往前走！
- 厄運與困頓，不會永遠持續，但生命力堅強的人，卻能永遠快樂生存。
- 不論發生何事，別灰心、別絕望，解決的方法有好多種呢！

Part.6

若要人前顯貴，就要人後受罪！

迎向風雨，讓自己愈活愈堅強

最危險的行動，就是不行動！
與其排斥，不如正面迎上！

哈佛大學校長舒默斯（Lawrence Summers）博士，曾在大一新生的迎新講詞中，回憶一位哈佛大學校友說，自己的大一生活就好像「坐在火上」，很興奮、很期待，也很緊張、很焦慮。因為，有好多課要上、有好多活動可以參加、有好多事情要學習，也可以認識好多老師、同學……。所以，舒默斯校長說，如果我對在座的每一個人只有一個希望的話，那就是希望你們在未來幾年當中，都能「坐在火上」，隨時對學習新知和進步「感到興奮、產生熱情」……因為，這是任何成功者必備的要素！

的確，我們都需要「坐在火上」，隨時點燃心中的「熱情之火」和「希望之火」；我們的心必須充滿火熱、興奮與期待，絕不能讓它冷卻！

所以，**「希望，讓人忘記腳下的崎嶇和坎坷！」**我們都要在生命中**「迎向風雨，讓自己越活越堅強呀！」**

有句話說：**「最危險的行動，就是不行動！」**

一個人若「不行動」，懶懶地坐著，是最危險的！相反地，若屁股有火，人坐在火上，就會熱得跳起來，就會開始行動！

所以，人哪會怕「沒有機會」呢？人最怕的是「不行動、不學習、不努力」，以致機會來臨時，自己的實力不夠！不是嗎？

其實，人生進步的原動力，來自內心不停歇的鼓舞；一旦有了鼓舞與堅持，理想就開始有了光和熱！而這「光和熱」，就是指引我們朝向成功的心中火炬呀！

所以，**「與其排斥，不如正面迎上！」**在生活中，我們都會遭遇許多困難和阻撓，但我們不能畏懼，必須選擇「正面迎上」，用努力與決心，來做出漂亮成績！

我最喜歡一句話——**「因為路通往光明，所以我勇往直前！」**

是的，我們一定要「堅持理想、勇往直前」，因為前面的路，或有崎嶇，但一定會「通往光明」！

激勵佳言

- 苦難，不失信心；挫折，更生勇氣！
- 「吾心信其可行，則移山填海之難，終有成功之日；吾心信其不可行，則反掌折枝之易，亦無收效之期也。」（孫中山先生語）
- 窮中要立志，苦中要進取。

要坐在火上，隨時點燃心中「熱情之火」和「希望之火」！

用心經營細節，才能成就完美

改變，是成功的唯一出路；
忙碌，就是一種幸福！

聽說，傅斯年在擔任台大校長時，經常抽空到正在上課的教室裡坐坐，也聽聽老師們的上課。有一次，傅校長坐在一位化學教授的教室裡聽課，後來有人問他：「校長，您聽得懂化學嗎？」

傅校長回答說：「我也許聽不太懂，不過，我從教授的上課態度中，可以判斷他是什麼樣的老師。」

是的，一個人的學習態度，工作態度、或老師的教學態度，別人都可以感受出來——學生有沒有專心學習？或老師有沒有專心預備？有沒有熱忱的教學態度？有沒有適時啟發學生？旁人都看得出來。

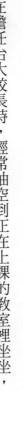

所以，有些人連洗碗、掃地、打工、端盤子……都非常認真、用心、態度和善、愉悅、積極、專注。真的，做事認真、用心的人，令人敬佩、看重，也會被別人爭相挖角、網羅。

有些人做事的態度是敷衍的、懶散的，或是不停埋怨的，但是，我們必須知道：「用心經營細節，才能成就完美啊！」

有些人會自我安慰說：「唉，我這個人，資質本來就不好！」

「我呀，脾氣本來就不好！」

「我呀，習慣本來就不好，做事就是不積極、慢半拍……」

可是，這樣行嗎？不行，「習慣不好」就要改，「脾氣不好」就要改，「做事不積極」就要改！因為，**「改變」是成功的唯一出路；改變自己的舊習性，每天「多做好一點」、「多進步一點」，日積月累，就會進步很多，人的命運也就會大大改變啊！**

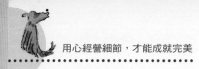

其實，「**忙碌，就是一種幸福！**」只要有工作，我們用心、踏實地去做，「不求十全十美，但求盡心盡力」，那麼，我們平凡的雙手，就能做出許多令人讚嘆的事啊！

激勵佳言

- 要剛強、壯膽，奮鬥才能得勝！
- 小機會，常是大事業的開端；小成就，一定是大成功的起步！
- 成功來自「多一點用心、多一份堅持」。
- 「資質的高下」不重要，重要的是「想法和做法」。

要為明天多存些本錢！

人生的意外，總讓人措手不及；我們必須——每一天都是覺醒！

多年前，美國南加州大學附近有個加油站，當中國學生開車前往加油時，偶爾會看到一位文質彬彬、大約七十歲的老人，前來幫忙加油；有些學生還會稱這老人為「Doctor」或「Professor」。

為什麼要稱加油站的老人是「博士」或「教授」呢？原來這老人，在年輕時代是「真空管理論與技術」的權威，當時在大學裡炙手可熱，發表過無數的真空管理論，也擔任許多企業的技術顧問。可是，當「電晶體」的概念出現而逐漸被應用時，這老人一直固守舊觀念，不願意改變！直到有一天，真空管不再被使用時，企業界、學術界不再聘用他了，他也就因此而失業。

後來，這老人移居南加州大學附近，而為了打發老年的無聊時間，他主動到加油站來幫忙，也賺些外快。

人的生命有起有落，一個博士大紅人，若不進修、不改變、不自我改造的話，有一天也會落伍，最後遭到「被淘汰的命運」！

所以，我們都必須「為明天多存些本錢」，不能因過度自信、自傲，而不再進步。有時，我們會後悔地說：「早知道就多念點書、多努力點」、「早知道就多學一些技術」、「早知道就不要太粗心大意！」

可是，「千金難買早知道啊！」人生的意外，總是讓人措手不及，也給我們一些「不能承受之重」，以致讓生命「大大升起、重重跌落」！

因此，只要我們每天都是覺醒，也擁有「銳不可當的信心」；只要不斷學習、不斷進步，我們的生命就會「日日精進」，而不會被淘汰，也不會變老！

千遍方為熟，萬遍神理現！

人的一生，不能「只是過去」，
而是要讓人生「值得回憶」！

去過北京的人都知道，王府井大街是個商業鼎盛、人潮如織的地方；那裡不僅有濃厚的商業氣息，也有一些文化藝術家，在那兒表現才藝，引來許多路人駐足圍觀。其中，在新東安市場裡也有「街頭雕刻藝術家」，替民眾雕刻人像。

在雕刻時，木刻家手中拿著木槌和鑿子，聚精會神地看著凳子上的顧客，慢慢地在木頭上，雕鑿出臉型、髮型、眼睛、鼻子、嘴巴、耳朵、下巴……。從開始到完成，大概只有三十分鐘，而且雕出的人形，栩栩如生！

最特別的是，顧客可以選擇「寫實、抽象，或誇張」的風格，要求雕刻家做出獨特的創作。

有一位從事人像木雕四十年的藝術家說，他雕過上千個人的人像，而他的雕刻心得是——**「千遍方為熟，萬遍神理現！」**也就是說，雕過上千人，才有純熟的表現、技巧；但若能雕上萬人，就能充分展現人像的氣質和神韻！

哇，這真是名言呀——「千遍方為熟，萬遍神理現！」我們豈不都需要一而再、再而三的try、try、try，不斷地練、練、練，才能獲得寶貴的成果！就像演員也是一樣，要想成為影后，哪有那麼容易？豈不都是必須十遍、二十遍、五十遍、一百遍……不停地揣摩人物的心境、表情、動作、神韻，才能「演活」劇中人的角色！

所以，人的將來是「要上、要下」，完全繫乎於自己的一心。有心努力，百遍、千遍、萬遍地做，就有可能會「上」，而且不斷地往上；相反

千遍方為熟，萬遍才能雕出人的神韻啊！

地，半途而廢、朝三暮四、打退堂鼓，則可能就會「下」，一直下，下到令自己慚愧、後悔、難堪的地步。

其實，人只要有一顆「熱切渴望的心」，就能教自己不停地「往上」、「往前」！

所以，人生只有一次，絕不能讓一生「只是過去」，而是要讓自己的人生「值得回憶」。也因此，我們每個人都不一定長得很漂亮，但，我們都可以因著自己的努力，讓自己「活得更漂亮」！

激勵佳言

- 充滿「昂揚鬥志」的人生，才有意義！
- 「失敗，是人生的一部分。」——要屢仆屢起，才有光榮的勝利。

別讓自己「冷門」過一生！

其實，真正的天才，是比常人「更專注、更熱情、更投入」！

曾經有人對大文學家小仲馬說：「你知道嗎，最近有關你父親不好的傳聞，實在太多了！」

小仲馬聽了，笑笑地回答說：「我了解我父親，他有他偉大的成就，就像波濤洶湧的大河，若有人對著他小便，是很稀鬆平常的事啊！」

其實，人做事，常常有人稱讚，也有人批評；有人叫好，可能也有人咒罵。但是，人總是要「把握做大事的契機」，勇於任事、創造新局。例如，我們常「說的比做的還多」，或常以舊規來自我設限，也不敢「跳出窠臼」，則無法開創出大事業啊！

海明威在他的名著《日出》（*The Sun also Rises*）首卷中，引用舊約聖經傳道書中的一段話：「**一代過去了，一代又來了，大地長存，日出日落**。」人，就是如此地生生不息，歷史也是如此世世代代、綿延不絕；可是，我們能為自己、為社會留下些什麼呢？**我們不能使自己「冷門」過一生啊！也不能「一直看著別人完成夢想，而卻忘了去實踐自己的夢想」啊！**

或許，有時我們常羨慕一些天才，覺得他們多才多藝，玩什麼像什麼。**可是，真正的天才，其實是比常人「更專注、更熱情、更投入」**，沒有任何人或任何事可以讓他們分心、放棄；就像李安一樣，生聚教訓、全神貫注，最後才能「一出手就是驚天動地」，使自己的生命變成「大熱門」啊！

所以，**「工作，就是快樂的來源；成功，就是快樂工作的肯定！」**

我常在想，假若我中了樂透彩券，拿到了「一億元彩金」，然後每天不必做事、遊山玩水、吃喝玩樂，我會快樂嗎？不，我不會快樂！我若不工

作，只會吃喝、遊手好閒，就像一隻懶豬一樣；或每天擔心有人會來綁架、或來偷搶我的錢……我準會瘋掉！正如伊索所說：「工作對於人來說，是一種享受！」我深深體會箇中滋味。

因此，「生命短暫、慧命無窮。」我們都要發揚自己「智慧的生命」，來嘉惠他人啊！

激勵佳言

- 人生如同「摸石過河」，必須踏穩腳步。
- 您的心，是「鑽石田」，別讓它荒蕪啊！
- 窮，並不可怕，可怕的是，又窮又沒有志氣！

逆境，是個偉大的老師！

一切幸福，並非都沒有煩惱；
一切逆境，也絕非都沒有希望。

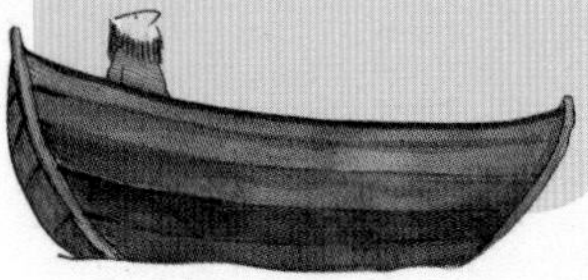

曾有一句俗話說——**「贏家，永遠都有一個計畫；輸家，永遠都有一個藉口。」**

可不是嗎？只有心中不斷惦念著「計畫」，並且說到做到，立刻身體力行，才會是成功的贏家；相反地，如果「凡是藉口推拖」、「不急啦，慢慢來」、「等明天再說」，則永遠都是輸家呀！

所以，您知道嗎，**「積極的人，常為成功找方法；怠惰的人，常為失敗找藉口。」**

有一超市的男職員，名叫阿鴻，不論什麼季節都穿著短衫、短褲，一頂便帽。雖然他是重度智障兒，可是不論搬運貨品、拖地，工作都很勤奮，大家都很喜歡他。

一次，有個客戶和店長談到勤快的阿鴻，只見店長感慨地說：「唉，人世間的事都很難預料；阿鴻念小學時，人很聰明，也很可愛，而且還是資優班、音樂班的高材生呢！可是，他在十一歲時，生了一場大病，發高燒不退，才變成智障兒！」

人生，會有許多「逆境與困頓」，但是，別怕，「不幸的人」總比「幸運的人」更禁得起磨難與挑戰！

西洋人說：「沒有風暴，船帆只不過是一大塊布而已！」

「逆境，是個偉大的老師」，它教導我們如何面對一切的試煉和挫折。

而且，培根也說：「一切幸福，並非都沒有煩惱；一切逆境，也絕非都沒有希望。」

「沒有風暴 ，船帆只是一塊布而已！」

的確，「幸福也會有煩惱」，我們不必太過羨慕；「逆境也一定還有希望」，我們不必傷心絕望。只要以「快樂的心、面對挫折、迎接挑戰」，陰霾的生命必能「撥雲見日、柳暗花明」呀！

激勵佳言

- 人生最大的快樂，是當別人瞧不起你、歧視你時，你卻做到了，你已經超越他們了！
- 時間花在哪裡，成就就在那裡！
- 堅持自己所想要的東西，但要用生命的付出來交換！
- 上帝給你一項挫折，也會給你一份智慧。

壓力愈大，取水的機率也愈大

人有許多能力和才華，
常被藏在「上了鎖」的箱子裡，而未開啟！

有個男士參加社區運動大會，一連勇奪一百公尺、四百公尺兩項冠軍。記者問他：「你的爆發力何以這麼強，比年輕小夥子更厲害？」這男士回答：「我每次踩在起跑線上，一聽到槍聲，就把它當作是我老婆的『鬼吼大叫』聲，所以，我就沒命似地往前衝！」

這，就是「潛能」！人若沒被激發，潛能怎能發揮得如此淋漓盡致？

武打明星成龍，他沒念過什麼書（只念到國小一年級），但他主演的電影，幾乎不用替身，他總是向「最高難度挑戰」！儘管他遍體鱗傷、住進醫院無數次，但他告訴自己，必須「全力以赴、激發自己無限潛能、挑戰生

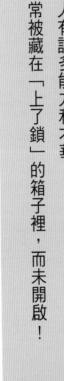

命極限」，來做最完美的電影藝術演出。正因為如此，成龍武打招數不斷精進，也普受全世界影迷的喜愛。

為什麼我們的「潛能」常不能展現？管理學中有所謂的「X理論」，強調人的「惰性」常普遍存在於「自我內心」而不自知，以至於使我們的行為受到影響，也使我們的潛在能力無法發揮。

您聽過「幫浦理論」嗎？幫浦是早期人們鑽井取水的壓縮機器，幫浦「壓力愈大」，反彈「力道愈大」，取水的機率也愈大。

人也是一樣，需要幫浦不斷地強壓，才能把「內在潛能」激發出來！

其實，人有許多能力、才華，常一直被藏在「上了鎖」的箱子裡；而咱們心中的「懶惰、壞習慣、不積極、畫地自限」就是那把鎖，它或許已經有數十年未開啟了！快想想辦法吧，趕快找鑰匙來打開大鎖吧！千萬不要讓這把鎖，生鏽到打不開呀！

自認不幸福，就享受不到幸福

樂觀的人，經常面帶微笑、充滿喜樂；
悲觀的人，只會埋怨、詛咒……

幾年前媒體報導，十四歲的「抗癌小鬥士」吳冠億，因為罹患惡性腦瘤，安詳地離開人間。吳冠億有個「小博士」的稱號，他在繪畫、文學創作上極有天分，更以資優生身分進入高雄道明中學就讀。在他與病魔搏鬥時，周大觀文教基金會還幫他在高雄榮民總醫院舉辦「熱愛生命」的詩畫展，吸引了無數的人潮。

當冠億躺在病床時，曾多次向家人說，他死的時候，請大家不要傷心，不要哭泣，而是要「為他鼓掌」！後來，冠億終究鬥不過病魔，走了；那時，爸爸、媽媽和妹妹，都守候在病床前，含著淚水，「鼓掌相送」冠億靜靜地離開！

「我死的時候，你們要為我鼓掌……」這是一句多麼悲傷，卻又樂觀、動人的話呀！

有時，生命雖然短暫，但一定要「迸出火花」、「綻放光芒」，而讓別人依依不捨地「含淚鼓掌相送」！

讓我們學習「凡事樂觀」，像吳冠億一樣，樂觀奮鬥、堅毅卓絕、不斷向病魔挑戰。

樂觀的人，經常面帶笑容、充滿喜樂；悲觀的人，只會埋怨、詛咒，而且一直在生活中找尋醜惡。所以，有很多漂亮的女人，心中有太多的憂慮和煩惱，以致年齡未老，美貌卻已消失無蹤了！

其實，「認為自己不幸福的人，永遠享受不到幸福！」只要我們心存樂觀、喜悅，時常微笑地唱唱歌，就可以嚇跑命運的惡魔！

哭過的心，更能面對新挑戰！

把悲傷埋在昨天，用笑容迎接明天！
要為自己生命的扇子「添加色彩」啊！

宋朝年間，蘇州有個年輕人，拿出一生積蓄想做個小生意。他想，天氣這麼熱，來賣扇子吧！於是，他訂購了一大批白色的扇子，在街上擺攤賣了起來。可是，天公那麼不作美，竟然連續幾天都下了大雨，暑氣全消，街上的人也少了！

這年輕人一臉愁容，坐在街上欲哭無淚。後來，有一中年儒生經過，知道原委後，告訴賣扇的年輕人：「小兄弟，你要不要把所有的扇子借我一天，我保證會讓你把全部扇子賣光光！」年輕人一想，反正放著也是放著，就說：「好吧，那你就拿回去一天吧！」

隔天，中年儒生叫兩名書僮，把一大堆扇子全部拿到街上來，還給那年輕人；只見原本白的扇子上都畫了一些「山水畫」，而且，旁邊還用毛筆提上了一些「詩詞」。此時，有一些路人經過，看到這些「畫有山水、題有詩詞」的扇子，就愛不釋手，立刻掏了錢，高興地買了三、五把回家。

正當賣扇人還在納悶時，又有些人路過，或聽聞而來，大家都搶著買這些漂亮的扇子；沒多久，一大堆扇子就全被買光了，也讓這賣扇人賺了一大筆錢。

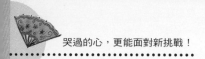

後來，原先那中年儒生又經過街上，年輕賣扇人趕緊向他行大禮，並懇求他留下姓名；這中年儒生實在拗不過，才說：「在下蘇軾，字東坡。」

人生的扇子，不能永遠是「白色的」，我們要為自己的生命扇子「添加色彩」啊！

有個媽媽說，她結婚十多年，生二兒一女，但婚姻不幸福，離家出走十

生命的扇子，一定要添加美麗的色彩。

來次；她很想離婚，但先生就是不肯，硬叫她「認命」。**她痛苦地說：「我年輕時，只是一時無知，做了一個錯誤的結婚決定，為什麼就要我痛苦一輩子？我絕不甘心！」**

後來，這媽媽勇敢地爭取走出自己，終於離婚。她說：**「我不再做老公的附屬品，我要勇敢做自己！」**現在的她，雖是單親媽媽，但她在工作之餘，還能自由自在地進書局、看電影、看畫展、讀讀書，生活忙碌且充實。她雖失去婚姻，但卻找回自我，也讓自己的「生命扇子添加色彩」，再也不用生活在猜疑、憤怒、哭泣之中。

哭吧，痛快地哭吧，把心中最痛苦的事勇敢地說出來、抬頭挺胸地走出自己；也把悲傷埋在昨天，用笑容迎接明天！因為——

「哭過的明天，又是一個全新的開始！」

「哭過的心，更能面對全新的挑戰！」

勇敢往前，幸福就會跟隨在後

別後悔過去的失敗，
要以高潮的心情，繼續迎接挑戰！

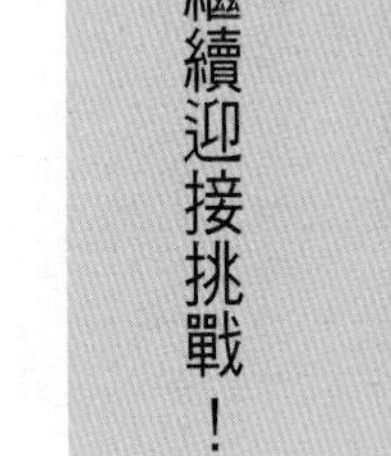

知道「怕」這個字，是哪兩個字的組合嗎？是「心」加上「白」。一個人的心如果「白」掉了，就會讓人感到懼怕！

在奮鬥過程中，人的心「充滿理想、不畏艱苦、披荊斬棘」，不會是白的，也絕不懼怕。但在到達巔峰目標後，人開始鬆懈了，慶功、獎賞、歡娛、玩樂，接踵而來；於是向前的腳步停歇了、旺盛的企圖心暫緩了，人的心，也可能「逐漸白」了。

所以，有人說：「**環境愈富裕，就愈難達成原定的目標。**」確有幾分道理。曾在報上看到，成功的企業家的第二代，花天酒地，包下酒家、酒女、歌舞宴客，一晚上揮霍數百萬，久而久之，導致公司虧損、破產。

因此，咱們的心，絕不能白，必須隨時「填滿理想」。因為，英雄必須打破舊紀錄——每天、每月、每年都得打破自己的舊紀錄啊！

「排行榜冠軍」又如何？若不能維持佳績，那只是「曇花一現」！英雄必須懂得「抓住機會」，但也必須懂得適時「放棄利益」，讓自己盡可能地維持在耀人的巔峰！**人，絕不能迷失在「往昔光輝的回憶裡」與「令人暈眩的掌聲中」啊！**

有一隻好奇的小狗狗問媽媽：「媽咪，幸福到底在哪裡？」

狗媽媽笑笑回答：「乖狗狗，幸福就在你的尾巴上啊！」小狗狗聽了，一臉疑惑、不過牠想：「既然這樣，我只要咬到自己的尾巴，就能捉住幸福啦！」

於是，小狗狗開始「追著自己的尾巴跑」；可是，牠再怎麼努力地跑，卻一直追不到自己的尾巴。後來，牠十分擔心地跑到狗媽媽面前哭訴說：「媽咪，我很努力追，可是我還是咬不到尾巴、追不到我的幸福，怎麼辦呢？嗚……」

狗媽媽笑著對小狗狗說：「傻孩子，幸福是在你尾巴上沒錯，只要你不停地『勇敢往前走』，它就會一直『跟在你後面』啊！」

的確，讓我們每天「充滿期待」，天一亮，就立刻起床，既不後悔「過去的失敗」，也不沉醉「過去的輝煌」，天天以高潮的心情，勇敢「向更高目標挑戰」！這麼一來，「幸福的尾巴」也就會在我們身後，不斷地跟隨而來啊！

勇敢往前走，幸福就在自己的尾巴上啊！

凡事都心想事成，絕非好事！

人生不能只靠「空想」，
就期待能「心想事成」啊！

希臘哲人柏拉圖曾說過一句話：「對一個小孩最殘酷的待遇，就是讓他『心想事成』。」

是的，凡事「心想事成」的小孩，一直在父母的保護傘下成長，他要什麼、就有什麼，正如「金手指」一樣，一直享受「心想事成」的果實。可是，「沒有遭遇挫折打擊」是件好事嗎？萬一有一天，長輩的保護傘不再能「遮風避雨」，則一生中，難道事事都能「心想事成」嗎？

其實，人生是一場面對種種困難的「無休止挑戰」，也是多事多難的「漫長戰役」，所以，要想「心想事成」，是極不容易的事啊！

試想，如果「點石能成金、心想能事成」，人生還有什麼樂趣可言？假如大家都是「億萬富翁」、打籃球時每個人都能「百發百中」、打棒球時阿貓、阿狗都可以擊出「全壘打」……那還看個頭啊？球場早就關門了！

也因此，籃球之所以吸引人，是超級球員在「不可能投進的角度」，仍然扭腰挺身、擦板得分！人生之所以值得喝采，是因為在艱難困苦中，依然昂首挺胸、屹立不搖！

再說，如果人人都能「心想事成」，也不是一件多好的事！

例如，你走在路上，突然一機車疾駛而過，濺得你一身污水，於是你破口大罵：「豬啊，王八蛋，你最好到前面路口被撞死！」咦，說著說著，那輛機車騎到前面路口，「碰！」天啊，他真的被一輛卡車撞死了！你說「心想事成」有時是不是也很恐怖？

的確，有人盼望「心想事成」，只想娶個有錢老婆，來減少二十年的奮鬥。可是，這二十年你要幹什麼？天天吃喝玩樂、睡大頭覺、遊山玩水？殊不知，不輕易得來、努力打拚出來的「奮鬥果實」，才是彌足珍貴啊！

因此，莎士比亞在《哈姆雷特》中說：「人在活著的時候，如果主要的長處與價值只是『吃飯和睡覺』——一個畜牲，如此而已。」

所以，「心想能事成」，那當然是最好！但，人生不能只靠「空想」，就期待能「事成」，因為那是不可能的，也是沒意義的啊！

激勵佳言

- 若要人前顯貴，就要人後受罪！
- 風霜之後，柿子變紅、蘿蔔更甜，人生何嘗不是如此？
- 成功，是靠「專注的付出」和「不停歇的努力！」

找到自己炫麗的舞台

一隻小白鴿，若只知低頭啄米粒，就不會找到自己的天空！

每次到了海邊，我就有一股衝動，想是不是可以在海邊買一間房子，或蓋一棟別墅，每天過著看海、看日出、看夕陽、看晚霞的日子。可是，假如真的搬到海邊，真正體驗到海邊的強風、潮濕或高鹽分，甚至交通不便、生活機能不佳……才會發現海邊可能不適合人居住。

人總是要去體會、去嘗試、去經驗，才知道自己適合居住在哪裡？或才知道自己適合做哪些事？所以，有些人「騎驢找馬」，一邊工作，一邊尋找更好的工作；但也有些人「棄驢找馬」，大膽放棄工作，專心一志地找更合適的工作。另外，有人乾脆不要馬了，「只騎驢子」算了，至少牠還能走，

慢慢走；只要有個小工作就好了，騎馬跑那麼快幹嘛？可是，有時驢子生病了，走不動了，怎麼辦？只好拖著驢子走，或跳下來，自己走！

其實，人還是需要有一匹「好馬」，讓自己「跑得快、跑得遠」。人不能一直「騎著病驢」，或始終苦苦地「徒步走路」啊！

我看過一則故事——以前亞歷山大大帝逮捕了一名海盜，就嚴厲責問他，為什麼霸行海上？海盜辯說：**「我因為只有一艘船，所以被你稱為海盜；而你，因擁有一大批船隊，所以被稱為君王。」**

有時想想，假如我們上了年紀，還是只擁有一艘「小船」或「破船」的話，是多麼可悲啊！人總是要找到適合自己專長的工作，來發揮自己的才華，而不能只是「hung」啊！咦？「hung」這是什麼單字呀？它就是——「混」啦！

所以，曾在餐廳裡駐唱的張惠妹，也是勇敢地參加歌唱比賽，過關斬將，勇奪五度五關，才能嶄露頭角，逐漸躍上大型舞台，最後成為知名國際巨星！

因此，一隻小白鴿，若只是原地踱步徘徊、低頭啄米粒，而不知振翅高飛，就不能找到自己的天空；人也是如此，一定要「找到自己炫麗的舞台」，才能翱翔天際啊！

激勵佳言

- 生氣沒有用，化為「必勝必成」的力量吧！
- 只要你說能，你就一定能，別說不可能！
- 一小時的實踐，勝過一整天的空想。

Master

高手作家戴晨志

讓你天天開心，洋溢喜樂的香水！

戴晨志作品14　定價◎230元

新愛的教育
——動人心弦的「愛與溝通」

這本台灣版「愛的教育」，為您呈現一則又一則「愛的奇蹟」，保證讓您感動不已、熱淚盈眶！也是全國家長、老師、學生，還有您……不能不看的——絕佳好書！

戴晨志作品15　定價◎230元

口才魅力高手
——教你展現說話迷人風采！

我們一開口說話，就是自己的「廣告」！一生「虧在口才不好」、「敗在不會說話」的人很多，我們必須努力學習，用「口才魅力」來改變命運！

戴晨志作品16　定價◎230元

圓夢高手
——信念造就一生，堅毅成就美夢！

「人不怕老，只怕心老舊！」「人最怕喪志，而不是別人歧視！」我們的心，不能「看破」，而要「突破」！儘管曾經失意、挫敗、潦倒，但只要「生聚教訓、十年磨一劍」，必能東山再起，展翅高飛！

高手作家戴晨志

讓你天天開心，洋溢喜樂的香水！

戴晨志作品22　定價◎230元

不看破，要突破！
——扭轉命運靠自己

人，要擺脫自卑的生命，
用「專注和毅力」來扭轉命運！
而且，在該出手的時候，
就要勇敢、放膽地出手，
因為，不出手的那球，絕不會進球！

戴晨志作品23　定價◎230元

有實力，最神氣！
——「A級人生」的成功秘訣

「困難、困難，困在家裡萬事難；
出路、出路，出去走走就有路！」
人，只要堅定信念、努力實踐，
就可看見自己的天堂！
因為，「美夢成真」的地方，就是天堂！

戴晨志作品24　定價◎230元

讓愛飛進你的心
——讓你感動不已的溫馨故事

床再大，睡不著有什麼用？
車再漂亮，夫妻若不同心，又有何用？
人的愛、關懷與接納，
可以讓我們活出溫馨美善、平安喜樂！

國家圖書館出版品預行編目資料

看好自己 : 成就一生的激勵故事精選 / 戴晨志著.

-- 初版. -- 臺北市 : 時報文化, 2007[民96]
面； 公分. -- (戴晨志小品 ; 2)
ISBN 978-957-13-4614-4(平裝)

855 95026073

戴晨志小品②

看好自己

作　者—戴晨志
主　編—心岱
編　輯—陳怡君
繪　圖—江長芳(http://www.shirleysillustrations.com)
美術編輯—小加貝
執行企劃—李語慈
校　對—戴晨志、陳怡君
董事長
發行人—孫思照
總經理—莫昭平
總編輯—陳蕙慧
出版者—時報文化出版企業股份有限公司
10803台北市和平西路三段二四〇號三樓
發行專線—(〇二)二三〇六—六八四二
讀者服務專線—〇八〇〇—二三一—七〇五・(〇二)二三〇四—七一〇三
郵撥—一九三四四七二四時報文化出版公司
信箱—台北郵政七九～九九信箱
時報悅讀網—http://www.readingtimes.com.tw
電子郵件信箱—ctliving@readingtimes.com.tw
法律顧問—理律法務事務所　陳長文律師、李念祖律師
印　刷—詠豐彩色印刷股份有限公司
初版一刷—二〇〇七年一月二十二日
初版三刷—二〇一二年九月二十日
定　價—二三〇元
⊙行政院新聞局局版北市業字第八〇號

ISBN 978-957-13-4614-4
Printed in Taiwan